Hello
Vietnam

빛기둥은 지구촌 음악평화를 위한
도서출판 푸른산의 아트 프로젝트입니다.

Hello Vietnam

1판 1쇄 인쇄 | 2019. 5. 2
지은이 | 구자형
발행인 | 맹경화
발행처 | 푸른산
임프린트 | 빛기둥
등록번호 | 제 301-2013-107호
주소 | 서울시 중구 을지로18길 25-2 302호
TEL | 02-2275-3479
FAX | 02-2275-3480
E-mail | csmac69@hanmail.net

값 13,000원

Hello
Vietnam

구자형 지음

등장인물

후에(Hue)
70대 초반, 1970년대엔 20대 후반.
베트남 왕족의 후예이며 남베트남 대통령궁 셰프.
다낭의 어머니.

다낭(Danang)
40대 초반.
후에와 에반 윌리암스 사이의 딸.
베트남 커피 프랜차이즈 MEKONG CA PHE 대표.

에반 윌리암스(Evan Willams)
40대 초반.
베트남 전쟁의 미국 군사고문단장.
후에의 연인이며 다낭의 아버지.

릴리(Lily)
20대 초반.
다낭과 제임스 한 사이의 딸.
사진작가이며 칸트의 도움 받으며 사진전
'코끼리와 커피 그리고 칸트- Rain Dance'를
세계 21개 도시에서 개최한다.

남자

20대 후반.

네브래스카에서 우연히 릴리를 만나 동행 한다.

생존을 위해 도망자처럼 살라는

들뢰즈의 철학을 공감하는 자유 영혼.

'글로벌 피스 21' 라이브 콘서트 총 연출자.

권혜주

30대 후반.

여성 사업가이며 칸트의 누나.

다낭의 MEKONG CA PHE 한국 프랜차이즈 대표.

잭슨 브라운(Jackson Browne)

70대 초반이며 1970년대엔 20대 후반.

미국 해군사관학교 출신 탑 건으로 에반 윌리암스의 부관.

MEKONG CA PHE 고문.

뚜앙

70대 중반, 1970년대엔 30대 초반.

후에의 첫 사랑이며 호치민의 오른 팔.

월맹군 장군으로 사이공 함락 총 지휘관 역임.

라이언(Ryan)

40대 중반.

베트남의 보트 피플로 필리핀 마닐라에서 들개처럼 성장한다.

도박, 마약, 매춘사업에 이어 호텔업과

커피 사업가로 변신한다.

월맹군 뚜앙 장군의 아들.

제임스 한(James Han)

40대 초반.

한국계 미국인이며 New York Bank 대표.

다낭의 첫 사랑이며 릴리의 아버지.

서철재

70대 초반.

대한민국 고엽제 전우회 베트남 지부장.

칸트가 추진하는 '글로벌 피스 21' 라이브 콘서트를 지원한다.

이재성

20대 후반.

GBC 아나운서.

릴리의 서울 사진전 '레인 댄스' 오픈 행사 MC.

호치민시 당 서기장
'글로벌 피스 21' 호치민 콘서트
오프닝 축사를 한다.

영담 스님
50대 초반.
코끼리 보호단체 '하얀 코끼리' 대표.

안숙선
판소리 단가 '착한 아기 코끼리'를 작창 해
릴리의 서울 사진전 Rain Dance에서 초연 한다.

현악 4중주단
진은숙 작곡가의 릴리의 사진전을 위한 헌정 곡
'Rain Dance'를 연주한다.

아버지
60대 중반.
권혜주와 칸트의 아버지.
금전만능주의자이며 호색한에다가 극도의 이기주의자.

김 비서
아버지의 남비서.

라이언의 남비서
30대 중반

다낭의 여비서
20대 중반

퀸 안(QUYNH ANH)
30대 초반.
벨기에 출생의 베트남 가수.
국제적 히트곡 HELLO VIETNAM의 여가수.

마크 라보네(MARC LAVOINE)
HELLO VIETNAM의 작곡가이자 퀸 안의 프랑스인 남편.

호치민 거리의 여가수

주영
사이공 대통령궁 요리실 웨이터.

사이공 대통령궁 요리사들.

마이 티 응옥짱
부온마투옷 커피 농장의 아낙네

MEKONG CA PHE 남녀 직원 각 1명.

에티오피아 KAFFA의 커피 농장주인 부부.

에티오피아 KAFFA 농장의 커피 체리 따는 일꾼들.

태국 치앙마이의 코끼리 훈련소장

능
태국 치앙마이의 아기 코끼리 파잔 의식 담당자.

서울 신촌 LP 록 바 '우드스탁' 털보 DJ.

서울 신촌 LP 록 바 '우드스탁' 남녀 손님들.

서울 종로 5가 광장시장의 빈대떡 가게 중년 여주인.

베트남 호이안의 앨리비치 호텔 회장
60대 후반.

베트남 호이안의 앨리비치 호텔 총 지배인.

베트남 다낭 국제공항으로 다낭을 마중 나온
라이언의 부하 7~8명.

트란(Tran)
40대 후반.
호치민 현대미술관의 여류 초상화가.
베트남 민족해방전쟁 때 폭탄사고로 두 팔을 잃어,
발가락으로 초상화를 그림.

베트남 호치민의 고엽제 피해자 보호소 안내인.

베트남 호치민의 고엽제 피해자들.

차 례

제2부 코끼리와 커피 그리고 칸트

제3부 투본 강 언덕 위의 연인

제4부 글로벌 피스 21

인간의 정신은
인간이 가진 무기 보다
강하다

- 호치민(Ho Chi Minh, 1890-1969)

제1부

베트남 전쟁과 사랑

#1. 마지막 헬리콥터

월남 대통령궁의 지붕 한쪽이 비행기 폭격으로 무너져 내리고 있었다. 월남의 미국 군사고문단장은 고요히 앉아있다. 고문단장실로 부관 잭슨 브라운이 들어온다. 다급하다

"단장님, 마지막 헬기입니다. 어서 탑승하십시오."

바위처럼 앉아 있던 에반 윌리암스 고문단장이 부관을 바라본다. 잭슨 브라운은 충직한 부관이다. 잭슨은 미국 해군사관학교 출신으로 탑 건이었다. 미 해군 제7함대 항공모함 전투기 조종사였다. 하지만 에반 윌리암스 단장의 인간적 풍모에 매료된 잭슨은 자청해서 에반의 부관이 됐다. 잭슨은 곧장 화급하게 부르짖듯이 에반 단장에게 다음 말을 쏟아낸다.

"딱 두 자리가 남았습니다. 더 이상 지체할 시간이 없습니다."

공습은 계속되고 있었다. 대통령궁은 사면초가가 됐다. 사방에서 월맹군과 남베트남 민족해방전선 유격대가 진격해 들어오고 있었다. 잠시 부관 잭슨을 바라보던 에반 단장이 입술을 열었다.

"잭슨 부관. 나는 안탄다. 대신… "

에반 단장은 잠시 말을 끊었다. 그리고 침묵했다가 다시 말을 잇는다.

"대신, 나 대신 후에를 태우고 가라. 그리고 나머지 한 자리는 잭슨 부관이 타고 가라."

"단장님, 에반 단장님 지금 어서 타셔야 합니다. 그리고 후에 님도 타셔야 합니다. 대신 제가 남겠습니다."

이 순간 날아온 총탄이 고문단장실 유리창을 깨뜨린다.

"아니다. 이건 명령이다. 잭슨 부관, 어서 후에를 불러와."

이때 열린 문으로 후에가 들어온다.

"에반 단장님. 후에 여기 와 있습니다."
"오, 후에!"

"에반 단장님!"
"후에, 나의 부관 잭슨이 당신을 완벽하게 보호해서 미국까지 모실 것이야. 그 이후에도 나 대신 당신을 도와 줄 거야."

"에반..."
"후에, 모든 것은 결정됐소. 자, 후에, 내게 마지막 와인을 한잔 따라 주겠소?"

후에가 테이블 위에 놓여있던 와인을 따른다. 손이 떨린다. 감정을 억누르는 후에, 와인을 따르다 말고 잠시 멈춘다. 에반 단장이 재촉한다.

"후에..."

후에는 다시 잔을 채운다. 에반 단장은 평온한 손길로 책상서랍에서 낡은 보석함을 꺼낸다. 거기서 다시 목걸이를 꺼낸다. 에반은 그 목걸이를 와인 잔에 담근다. 그리고 목걸이가 담긴 와인 잔을 기울여 천천히 다 마신다. 그리고 잔에 담긴 목걸이를 꺼내어 후에의 목에 걸어주며 이렇게 말한다.

"후에 이 목걸이는 나의 어머니의 유품이오, 언젠가 미국으로 돌아가 당신에게 프러포즈하는 날, 바치려던 선물이었소. 나의 영원한 사랑을 받아 줄 수 있겠소?"

후에는 목걸이를 매만지며 오른 손으로 에반 단장의 목을 끌어 안는다. 두 사람은 짧고도 격정적인 키스를 나눈다, 다시 단장실로 들어서는 잭슨 부관이 외친다.

"대통령궁의 정문이 뚫렸습니다. 월맹군 탱크가 밀고 들어옵니다. 헬기를 타셔야 합니다."

헬기 소리가 요란하다. 다시 키스하며 에반 단장은 후에와 작별한다.

"잘 가요, 후에... 내 사랑..."

후에가 에반 단장을 바라본다. 잭슨의 손에 이끌려 마지못해 떠나간다. 에반 단장이 손을 들어 잘 가라고 손짓한다. 후에가 멀어지면서 에반에게 소리친다.

"에반, 나 당신의 아기를 가졌어요. 에반 내 말 들려요. 나 당신의 아기를 가졌어요."

공습 폭격에 에반과 잭슨의 모습이 뿌연 먼지로 뒤덮여 보이지 않는다. 에반 단장은 혼잣말처럼 말한다.

"후에, 우리의 그 아이를 잘 키워요."

#2. 뉴욕, 코파카바나 타임 스퀘어 클럽

뉴욕, 코파카바나 타임 스퀘어 클럽에 다낭이 앉아있다. 그녀 앞에 위스키가 한 병 놓여있다. 그녀의 맞은편에는 한국에서 날아 와 다낭이 베트남과 뉴욕에서 성공시킨 커피 프랜차이즈 MEKONG CA PHE의 한국 사업권을 협의하러 온 여성 사업가 권혜주가 앉아있다. 권혜주가 다낭에게 위스키를 따르며 말한다.

"다낭, 계약서에 사인을 해 주실 거죠?"
"혜주씨 몇 살이에요?"

"피카소가 말했을 텐데요. 여자와 예술가에게는 나이가 없다!"
"오호, 당신이 여자니까 나이가 없다?"

"게다가 난 아티스트이기도 하죠."
"아티스트?"

"네, 침대 위의 밤의 아방가르드예술가. 그쯤 해 두죠. 호호..."
"확인 할 수 없는 예술가로군요. 호호..."

"노우, 확인할 수도 있을 수도... 있을지도 몰라요."
"네? 무슨 얘기죠?"

"내가 많이 취하면.. 호호... 어머, 놀라지 마세요. 농담. 아방가르드는 군사용어라고 해요. 최전선의 정예부대, 따라서 권혜주는 사랑의 최전방 정예요원 뭐, 그 정도 해 둘까요? 호호..."

"좋아요. 혜주씨의 한국에서의 MEKONG CA PHE의 새로운 시작을 위해서! CHEERS!"

"댕큐. 다낭. CHEERS!"

술을 마신 두 사람은 플로어에 나가 EDM에 몸을 맡기고 춤추기 시작한다. 서서히 흥이 달아오르는 두 사람.

"혜주. 오늘 밤 뉴욕의 멋진 남자들을 다 잡아 먹을까요?"
"다낭, 다 잡아 먹으면 내일 아침에 일은 누가해요? 적당히 잡아먹기로 하죠. 호호..."

"호호..."

#3. NEBRASKA 대 평원

미국 네브래스카의 끝없이 펼쳐진 대 평원 한 가운데, 한없이 뻗어나간 인적도 차량도 보이지 않는 황량할 정도의 쓸쓸한 고적감으로 파도치는 도로. 그 위를 달리던 고물 SUV 자동차 한대가 연기를 뿜어내면서 갑자기 멈춰 선다. 새들이 날아간다. 운전자가 내린다. 찢어진 낡은 청바지에 존 레논 티셔츠를 입고 있다. 텁수룩한 수염과 장발인데 여러 날 씻지도 빗지도 않은 영락없는 떠

25

돌이 노숙자 스타일이다. 연기가 피어나는 자동차 본닛을 연다. 치솟는 연기. 위험을 감지한 운전자는 본능적으로 뒤로 훌쩍 피해 엎드린다. 쾅하고 요란한 소리를 내며 자동차 엔진이 폭발하고 자동차는 불길에 휩싸인다.

머리를 감싸 쥔 채 어이없어하며 납작 엎드린 운전자가 불타는 자신의 고물 자동차를 바라본다. 그리고 넘어진 김에 쉬어 간다고 남자는 아예 길 위에 드러누워 하늘을 본다. 네브래스카의 태양이 번쩍인다. 남자는 눈살을 찌푸린다. 다시 눈을 뜨자 어느새 먹구름이 몰려와 사방이 어두워지고 있었다. 남자는 잠시 생각하는 듯 하더니 천천히 일어나 불타는 자동차의 운전석 문을 연다.

그리고 벨벳 언더그라운드의 Pale Blue Eyes를 튼다. 그리고 잔뜩 볼륨을 올린다. 불타는 자동차 위로 어느새 굵은 빗방울이 떨어지는 가운데 앤디 워홀이 후원하고 영감을 준, 뉴욕을 상징하는 밴드 '벨벳 언더그라운드'의 싱어 '루 리드'(Lou Reed, 1942-2013)의 노래가 대 평원에 울려 퍼져 나간다. 그것은 다시 살고 싶게 하는 노래, 그것은 듣는 이로 하여금 사람으로 태어났음을 환기 시키는 목소리였다. 그것은 소통의 부재와 막막함의 고통으로 가득 찬 하나의 인간이 아름다운 평화와 진실이라는 환상을 찾아가는 여정의, 그 고독한 행로로 인한 뼈아픈 여행의 진정 참신한 그리고 느긋한 진군가인 것이다.

가끔 나는 너무나 행복해

가끔은 너무 슬퍼지지만

이따금 너무나 행복한 기분이 들지만

대부분의 경우 당신은 나를 화나게 하지

베이비, 당신은 정말 나를 미치게 한답니다

당신의 창백한 푸른 눈동자가 아른 거려

당신의 창백한 푸른 눈동자가 계속 아른 거리네

당신은 내 산의 정상

당신은 나의 절정

내 옆에 있으나 내가 가질 수 없는 모든 것

내 것이지만 결코 소유할 수 없는

당신의 창백한 푸른 눈동자가 아른 거려

당신의 창백한 푸른 눈동자가 계속 아른 거리네

남자는 노래에 도취된 듯 어느새 흥얼흥얼 따라 부른다.

우리가 어제 한 일은 너무나 좋았지

난 한 번 더 하고 싶지만

당신이 이미 결혼했다는 사실은

단지 당신이 나의 가장 좋은 친구일 수밖에 없다는 얘기일까

그러나 그것은 진짜, 진짜 죄악이 될 거야
당신의 푸른 눈동자가 아픈 거려
당신의 푸른 눈동자가 계속 아픈 거리네

남자는 빗속에서 담뱃불을 붙인다. 젖은 성냥 탓일까? 쉽사리 담뱃불이 붙지 않는다. 여러 번의 시도 끝에 담뱃불이 붙는다. 남자는 길게 한 모금을 빨아 마시고 다시 천천히 뿜어낸다. 빗줄기는 더욱 세차지고 남자의 어깨와 얼굴을, 온 몸을 적시다 못해 어디론가 자취 없이 떠내려 보낼 듯 세차게, 눈앞이 안 보이는 폭우로 변해가고 있었다.

#4. 뉴욕 432 Park Avenue

이른 아침, 세상에서 가장 높은 92층 아파트, 뉴욕 맨해튼의 432 Park Avenue 정문을 권혜주가 들어선다. 기다리고 있던 70대 백인 노신사가 마중을 한다.

"어서 오세요. 혜주 씨."
"안녕하세요. 잭슨 씨."

"오늘 따라 더 아름답군요."

"어머, 기분 좋은 농담? 아니면 거짓말?"

"왜 거짓말이죠?"
"어제 엉망으로 취해서 완전 망가졌었는데..."

"위스키는 매력 넘치는 여성의 밤 화장 아닌가요? 취한 여자가 아름답다. 더 취한 여자가 더 아름답다. 하하... 내 고향 포틀랜드 속담이죠."

"안 속을까 싶네요. 포틀랜드는 좋은 곳이죠. 작가 레이먼드 카버의 고향이죠? 대성당, 사랑을 말할 때 우리가 이야기하는 것, 제발 조용히 좀 해요 같은 소설들이 다 좋죠."

"내가 가장 좋아하는 작가예요. 소설 속 행간 사이에 눈빛이 살아있죠. 문장에서 끼쳐오는 작가적 시선이 그처럼 확고한 작가는 글쎄요. 거의 없죠."

"맞아요. 저두 좋아해요. 제 동생은 저 보다 더 좋아히는 작기죠."

"아, 그렇군요. 언제 기회가 되면 그 동생도 만나고 싶네요."
"네, 저도 그러길 바라요. 늘 어디로 튈지 몰라서요."

엘리베이터가 92층에서 멈춘다. 세계의 커피 값을 좌지우지하는 커피의 여왕 다낭의 펜트하우스다. 노크하는 잭슨 브라운, 문이 열리고 다낭이 잭슨과 권혜주를 반갑게 맞이한다.

"굿모닝! 혜주."
"하이 굿모닝! 다낭."

트레이닝 복 차림의 다낭이 권혜주와 잭슨을 소파로 안내한다.

"혜주 씨. 미안해요. 막 센트럴파크를 달리다 왔어요. 미처 샤워
도 못했네요. 오늘 혜주 씨와 한국에서의 MEKONG CA PHE 프
랜차이즈 계약을 하는 날이라 정장을 하고 싶었는데 매일하는 새
벽운동을 빼 먹을 수가 없었어요."
"아뇨. 괜찮습니다. 나는 다낭 대표님을 만날 때 마다 솔직한
모습에 반했어요. 오히려 이런 모습을 보여줘서 특별대우 받는
느낌인걸요."

"아, 역시 혜주 씨야. 고마워요. 난 살면서 이렇게 말이 잘 통하
는 사람은 처음 봤어요."
"과찬이세요. 하지만 다행이고 기쁘군요."

"자, 그럼 계약서에 사인을 해야죠."
"잭슨 아저씨 부탁 드려요."

"오케이..."

잭슨이 계약서를 갖고 와 탁자 위에 펼쳐 놓고 다낭과 혜주 두 사람은 사인을 시작한다. 펜트하우스 넓은 창으로 뉴욕의 햇살이 따사롭게 비쳐 든다. 잭슨은 그 모습을 바라보면서 옛생각에 잠긴다.

#5. 서울 용산, 주한미군 사령부 지하 비밀벙커

"저도 따라 가겠습니다."
"안 돼."

"왜 안 됩니까? 장군님!"
"베트남은 전쟁 중이야. 미군이 이미 많이 죽었지. 배트콩도 한국군도…"

"장군님."

잭슨 부관은 에반 윌리암스 소장이 커피 한잔을 나누자고 해서 가벼운 마음으로 주한 미8군 에반의 집무실 비밀 지하벙커에 들어섰다. 하지만 뜻밖의 폭탄선언 같은 에반 장군의 얘기를 방금 들었다. 에반은 베트남의 미국 군사고문단장직을 자임해 조만간 사이공으로 이임한다는 청천벽력 같은 말이었다. 에반 장군의 곁을 지키고 싶어 어렵사리 해군 전투 비행기 조종사를 그만두고 주한 미군사령부의 에반 장군 부관으로 근무해 온 잭슨 대위. 그는 이토록 충성스런 자신에게 단 한마디 의논이나 그 어떤 암시조차도 없이 머잖아 훌쩍, 그것도 혼자만 사이공으로 떠난다는 에반 장군에 대해 강력한 분노의 섭섭함이 밀려왔다. 심지어 온몸이 부들부들 떨려오기까지 했다. 이런 잭슨 대위의 지금의 황당하고도 공허한 심정을 눈치 챈 에반 장군이 아무래도 달래야겠다 싶었던지 커피를 한 모금 하더니 손짓으로 밖에 나가자는 시늉을 한다. 화를 삭이려는 듯, 잭슨은 군모를 눌러쓰고 고개마저 푹 숙인 채 불만 서린 표정과 내키지 않는 몸짓으로 에반 장군을 따라 나간다.

#6. 서울 용산 미8군 영내 관사 촌

용산의 미8군 영내 장교들과 미 대사관 직원들의 숙소가 있는 한가로운 느낌의 관사 촌을 에반은 앞장 서 걷다가 적당한 나무 벤치에 걸터앉는다. 가을 들꽃들이 소담스럽고 예뻤다. 바람이 불어가고 하얀 나비 한 마리가 노란 꽃잎 위에 앉는다. 하늘 높이 구름이 둥실둥실 솟아 흘렀고 새들이 문득 날아가고 있었다.

"잭슨 대위."
"네!"

"몇 달 전 한밤중에 전화를 받았어. 뉴욕에서 내 와이프 메리가 걸어 온 거야. 메리는 다짜고짜 미안하다고 했어. 그러면서 더 이상은 견딜 수 없다고 하더군. 그리고 새로운 남자를 만났다고 했지. 뉴저지 주 상원의원이라고 하더군."

"네? 설마... 뉴저지 상원의원은 두 명인데... 밥 메넨데스. 그리고 또 한사람은..."

"그래. 잭슨 댄 폴, 바로 자네 부친이지."

"장군님..."

너무나 당혹스런 얘기가 사실로 펼쳐지자 잭슨은 어찌할 바를 모른다. 에반은 손가락 마디를 우두둑 소리가 날 정도로 꺾는다.

"잭슨 대위."

"네."

"담배 가진 것 있나?"

"네."

잭슨은 에반에게 조심스레 담배를 건네고 지포라이터를 켜 담뱃불을 붙여준다. 에반은 한 모금 깊숙이 빨아 당긴 다음 천천히 후하고 내 뱉는다. 따가운 가을 햇살과 서늘한 바람 속으로 담배 연기가 흩어져 간다.

"잭슨 대위. 난 가난했지. 그래도 고등학교 때 미식 축구부는 내가 만들었지. 어느 날 미식축구부원들이 다 같이 유니폼을 입자고 했어. 난 그럴만한 돈이 없었어. 그런데 내 상황을 눈치 챈 내게 누군가 돈을 빌려주더군. 그래서 주장으로서 겨우 체면을 살릴 수가 있었지,"

"그 누군가가 혹시?"

"그래. 메리였어. 메리는 잭슨 대위도 잘 알다시피 미국 신문 재벌의 딸이었으니까..."

에반은 또 한모금의 담배를 깊숙이 빨아 들였다가 내 뱉는다. 어딘가 초연한 느낌이다.

"잭슨 대위 내가 초라해 보이나?"
"에반 장군님. 오늘 밤 제가 술 한 잔 모셔도 되겠습니까?"

"오케이. 고맙다. 그리고 잭슨 대위, 오늘 밤 나를 위한 술 때문은 절대 아니지만 아무튼 같이 사이공으로 가자. 이건 베트남 전쟁 승리를 위한 군사작전의 일환이고 명령이다. 오케이?"

잭슨 브라운 대위가 벤치에서 벌떡 일어나 에반 소장에게 경례를 올려 부친다.

"네, 대위 잭슨, 에반 장군님. 명 받들어 베트남 전쟁에서 승리하기 위해 장군님 모시고 출발하겠습니다."

#7. NEBRASKA 대 평원의 아침

여명이 밝아 온다. 남자는 풀 섶에서 눈을 뜬다. 천천히 일어난다. 남자는 지치고 구겨진 마음으로 길 위를 향해 걸어 나간다. 어제 불이 난 자신의 낡은 자동차는 반쯤 타버렸다. SUV 자동차 뒷문을 열어 생수병을 꺼내 마신다. 남자는 길 가의 히치하이커가 된다. 차도 안 오는 데 오른손 엄지손가락을 추켜세운다. 남자는 이런 스스로의 모습에 대해서인지, 자신의 인생에 대해서인지 아니면 세상에 대해서인지 알 수 없는 냉소와 허탈함으로 하지만 태연자약하게 서 있다.

지평선 저 먼 끝에서 자동차 한 대가 달려오고 있었다. 뜻밖이었다. 남자의 얼굴에 약간의 반가운 미소가 번진다. 하지만 차는 남자 앞을 그냥 스쳐간다. 그러나 다시 돌아와 남자 앞에 차가 선다. 20대 초반의 어여쁜 아가씨 운전자였다.

"하이, 반가워요."

남자가 먼저 인사했다, 아가씨가 답한다.

"하이, 누구세요?"

"하하... 그냥 뭐... 남자 아니면 어린왕자 일거에요. B612 혹성에서 철새를 타고 날아왔을지도 몰라요."

"아닌 것 같은데요. 자동차 정비 불량으로 무모한 자동차 여행에 나섰다가 보아하니 어제, 차는 불타고 빗속의 노숙자... 좋아요. 그래요. 좋게 봐주죠, 어린왕자에 나오는 불시착한 조종사? 어떠세요? 마음에 드세요?"

"뭐, 아무튼... 어린왕자에 나오는 술꾼도 괜찮아요. 나는 그 술꾼이 맘에 들어요. 어린왕자가 왜 술 마시냐고 묻자, 응, 술 마시는 게 부끄러워서 술을 마신단다. 하하... 명언이에요."

"잘난 척 그만하고 어서 타세요."

"아, 뭐 그러죠. 하하... 고맙다는 말은 굳이 하지 않을게요. 익숙하지 않은 말이라서.. 하하..."

운전석 아가씨 옆 자리에 올라타는 남자, 자동차가 달려 나간다. 한동안 두 사람은 말이 없다. 남자가 먼저 입을 연다.

"그런데 나 무섭지 않아요?"

"무섭다?"

"그래요. 아무도 없는 황량한 네브래스카 대 평원에서 불타버린 자동차 근처에서 밤새 비 맞고 쓰러져 잠들었던, 생전 처음 보는 남자를 이렇게 차 까지 태워 주다니요. 만약 내 딸 같았으면 못 본 척 지나가라고 했을 텐데..."

"딸이 있을 것 같지 않네요, 미안하지만..."

"맞아요. 없어요. 어쩌면 나 자신도 없는 것 같아요."

"맞아요. 너무 없어 보이네요. 훗훗... 아무튼 난 엄마 빼 놓고 무서운 사람이 없어요. 알고 보면 귀여운 엄마지만.. 나의 엄마는 불교도예요. 기도를 얼마나 예쁘게 하는지 말도 못해요. 우리 엄마는 불교에서 멀리하라는 탐진치에도 자비를 베풀어요. 아마 인간의 모든 공포에도 자비를 베풀 거 에요. 그리고 나도 엄마도 메콩 강과 베트남의 피라서 무서운 게 없어요. 그냥 마냥 평화할 뿐입니다. 어설픈 떠돌이 방랑자님."

"어설픈? 차라리 슬픈 게 낫겠다. 아니다, 배고픈 것 보다는 어설픈 게 더 낫다고 해야 하나? 하하..."

"배고파요?"

"아, 뭐 조금.. 사실은 아까 거기서 차도 안 지나가고 그러면 죽어버리려고 했는데... 이젠 또 배가 고프네요. 배고픔은 불치병이죠. 먹어서 치료해 주면 또 배고프고 치료해주면 또 배고프고..."

"미안해요. 나 때문에 못 죽어서."

"아뇨. 갑자기 할 일이 생겼어요. 이제 이 길을 벗어나 처음 나타나는 레스토랑의 음식을 다 먹어치우고 나서 죽는 건, 그 다음에 생각해 보죠. 하하... 늘 그래요. 예쁜 여자를 만나면 죽음은 잠시 보류하거든요. 하하..."

"좋아요. 조금만 더 가면 작은 마을이 나와요."

예쁜 아가씨가 자동차 악셀을 밟아 속도를 낸다.

#8. 사이공, 에반 소장의 관사

손수 커피를 내리는 에반 소장.

"헤이, 잭슨!"

문 밖에 있던 부관 잭슨 대위가 들어온다.

"네. 장군님."
"커피 한잔 하겠나?"

"아닙니다. 오늘부터 장군님의 커피는 사양하겠습니다."
"뭐? 그게 무슨 얘기야? 갑자기?"

"오늘부터 장군님의 음식을 책임 질 셰프를 초대했습니다."
"초대?"

"네. 베트남 왕족의 혈통을 가진 여성입니다. 이름은 후에, 나이는 스물일곱 살입니다. 베트남 부온마투엣 최대 커피 농장주의 딸이고 커피와 와인에 아주 해박합니다. 베트남 궁중요리 대가이고 파리에서 프랑스 요리를 공부했습니다. 그리고 대학시절 시집을 내기도 한 시인입니다."

"그래? 베트남의 영혼이 프랑스의 맛 까지 여행을 했다. 그렇다면 미국은 어떻게 생각하고 있을까?"

이때 불쑥 후에가 들어온다.

"장군님 미군은 지금 당장 전쟁을 그만두고 베트남에서 철수해야 합니다."

잭슨이 황급히 후에의 손을 낚아채 밖으로 내 보내려 한다. 뿌리치는 후에.

"잭슨, 가만있게. 후에의 얘기를 좀 더 들어보자."

에반은 후에에게 더 얘기하라고 손짓한다. 그러자 후에는 기다렸다는 듯 말을 잇는다,

"장군님. 대부분의 인간은 역사의 노예에요. 장군님은 미국 역사의 노예, 미국 역사의 흐름에 속해있으니까요. 나도 어쩌면 베트남 역사의 노예인지도 몰라요. 하지만 나는 베트남의 메콩 강답게 평화의 역사가 되고 싶어요. 베트남의 역사라는 강물을 간직한 채 평화라는 바다로 흘러들고 싶어요. 그게 후에, 나에요."

후에는 주머니에서 편지 한 장을 꺼내어 또 다시 말을 잇는다.

"자, 여기 베트남 최고의 노예 아니 스스로 베트남의 영원한 연인을 자청해 십자가를 진 베트남의 가장 고귀한 사랑의 그 노예의 얘기가 담긴 편지가 있어요. 베트남의 작은 풀꽃 한 송이, 메콩 강의 노을 한 조각 그리고 가장 가난한 사람들부터 가장 먼저 사랑하는 그래서 이미 베트남과 하나가 된 위대한 우리들의 호 아저씨, 호치민 주석님의 오래 된 그 얘기를 읽어보세요. 누군가 전해 드리라 하더군요."

에반이 편지를 건네받는다. 돌아서서 나가던 후에가 몸을 돌려 또 이렇게 말한다.

"아, 그리고 내일 아침 식사는 에피타이저는 올리브 오일에 마늘 새우를 곁들인 스페인식 감바스(GAMBAS), 매콤하고 짭짤할 거에요. 그리고 네가지 버섯과 트리플 오일을 곁들인 이태리 식 크림 리조또, 커피는 베트남 커피입니다. 그리고 오늘 밤 와인이 필요하면 얘기해 주세요."

후에가 떠나고 난 후 에반은 편지를 읽는다.

에반 장군

내가 가장 존경하는 호치민님의 인도차이나 전쟁에 대한 뉴욕 타임스 쇼엔브런 통신원과의 인터뷰에서 하신 말씀을 읽어보시오.

"어렵고 절망적이겠지만 우리는 이길 수 있습니다. 우리는 모든 면에서 최신의 대포만큼 강한 무기를 가지고 있습니다. 바로 민족주의입니다. 그 힘을 과소평가하지 마십시오.

누더기를 걸친 부대가 근대식 부대를 상대로 무엇을 했는지 잇으면 안 됩니다. 독일군을 밎시 싸운 저 유고슬라비아 빨치산들의 영웅적 투쟁을 기억해야 합니다.

인간의 정신은 인간이 가진 무기 보다 강한 법입니다. 이 전쟁은 호랑이와 코끼리의 싸움입니다. 어느 때고 호랑이가 멈춰 선다면 코끼리는 힘센 상아로 호랑이를 뚫어버릴 것입니다. 그러나 호랑이는 멈춰 서지 않습니다. 낮에는 정글 깊숙이 몸을 숨겼다가 밤이면 나타나서는 코끼리의 등에 올라타

등을 죽죽 찢어 놓고는 또 다시 어두운 정글로 사라집니다.

그렇게 코끼리는 서서히 힘이 빠지고 출혈이 지속되어 죽을 것입니다. 이것이 바로 인도차이나 전쟁입니다."

월맹군 뚜앙 장군

편지를 다 읽은 에반이 잭슨 부관에게 편지를 넘긴다. 잭슨이 받아 든다. 에반이 잭슨에게 말한다.

"잭슨, 후에 보고 와인을 준비 해 달라고 하게."

#9. 사이공 벤탄 마켓

혼잡한 벤탄 마켓을 걸어가는 후에.

"후에."

마켓에 장 보러 온 후에에게 뚜앙이 그녀의 이름을 등 뒤에서 부른다.

"후에..."

후에는 자신의 이름을 부르는 목소리를 듣고 뒤돌아보는 순간 장바구니를 털썩 놓치고 만다.

"..."
"후에... 잘 지내지?"

"뚜앙...?"
"그래. 나 뚜앙이야. 후에 보고 싶었어."

"그런 지나친 말은 필요 없어."
"후에. 차 한 잔 해. 할 말이 있어."

후에 장바구니를 들고 앞 서 걷는 뚜앙의 뒤를 따른다.

#10. 사이공의 Bar 'Blue'

재즈 음악이 흘러나온다. 후에가 입을 연다.

"무슨 얘기지?"
"후에. 난 아직도 당신을 사랑해."

"사랑을 자선사업 하듯 하는 버릇은 여전하네. 뚜앙, 우린 대학

시절 문학모임에서 만났지? 그리고 난 당신을 사랑했었지. 그리고 당신은 내 가장 친한 친구와 결혼했지."

"미안해. 어쩔 수 없었어."

"그래. 알아! 사랑의 배신이란 말을 또 다르게 표현할 때 쓰는 말이지. 어쩔 수 없었어."

"미안해. 그 얘긴 나중에 하자. 자, 이걸 받아."

뚜앙은 후에에게 조그만 봉투를 조심스레 건넨다.

"이게 뭐지?"

"미 군사 고문단장 에반과 월남 대통령의 음식에 이 독약을 타. 그리고 하노이로 가자. 우리가 보호할거야. 당신은 우리의 조국 베트남을 위해 큰일을 해 낼 수 있는 남베트남 대통령궁 셰프라는 자리에 있잖아."

"오랜만에 만난 옛 연인에게 하는 부탁치고는 너무 강렬한데?"

"부탁이야. 제발, 후에."

후에, 말없이 뚜앙이 건넨 독약 봉지를 들고 나가 버린다.

#11. 베트남 민요를 부르는 거리의 소녀

후에는 바에서 나와 조금 빠른 걸음으로 걷는다. 거리의 노점 국수 가게 옆에서 오래된 베트남 민요 베오잣 머이 초이(Beo Dat May Troi)를 어느 소녀가 부르고 있다.

기름 진 대지 위에 떠 있는 구름
나의 사랑 그대를 기다리고 기다려요

새들아 내 마음 전해주렴
그대 어디있나요

내 손 잡아 주세요
힘들어도 난 기다려요

내 손 잡아주오 그대여
구름이 흘러가는 기름진 대지

이슬 내리는 긴 밤이여
그대 그리운 나 홀로 노래 부르네

울려라 힘차게 희망의 노래야

45

부르자

펼쳐라 찬란한 대지에
피어나라 베트남 베트남

#12. NEBRASKA 작은 마을의 레스토랑

미국 네브래스카의 작은 마을 아담한 레스토랑. 커피를 마시는
남자와 아가씨. 아가씨가 묻는다.

"꿈이 뭐예요?"
"없어요. 아니 모르겠어요. 있었을 거 에요."

이때 남자의 스마트 폰이 울린다. 잠시 망설이다 전화를 받는다.

"아버지."
"너 어제 고생 많았다며?"

"어떻게 아세요?"
"어떻게 알긴 아버지가 누구냐? 정보력 하나는 최고 아니냐?
하하... 그래. 빗속의 네브래스카에서 하룻밤 보낸 재미가 어떠냐?
황야에서 굶어 죽을까봐 내가 아침에 헬기를 보냈더니 어느새 사

라졌더구나."

"아버지. 비서들 시켜서 나 미행하는 거 당장 그만 둬요. 나중에 통화해요."

"알겠다. 아무튼 빨리 너의 방황이 끝났으면 좋겠다. 넌 너무 감상적이야. 아무튼 다 해봐. 헤밍웨이는 도둑질 빼고 다하라고 했으니까 술, 여자의 끝까지 가 보고 하루빨리 졸업하길 바란다. 아, 그리고 도박과 마약은 하지마라. 그것만큼은 절대 안 된다. 그건 졸업이 안돼요. 하하... 아무튼 인생 공부하는 비용은 얼마든지 아낌없이 갖다 써라. 다 해결해 줄게. 그리고 어서 속히 사업해야지. 돈 벌라고. 돈, 돈! 알았어? 이 아버지처럼, 이 아버지는 사업처럼 재미난 게 없다."

"끊을게요."
"그래, 그래 다시 연락하마."

#13. 베트남 닥락(Dak Lak)
부온마투옷(Buon Me Thuot) 가는 기차

"이 기차 어디로 가죠?"

권혜주가 다낭에게 묻는다.

"벌써 잊었어요? 부온마투옷."

"왜 가는 거죠?"

"베트남 커피 최대산지에요. 물론 달랏, 잘라이, 꼰뚬, 까우닷도
있지만. 베트남 커피는 사랑스럽죠. 그래서 스타벅스도 또 물론
우리의 메콩 카페도 베트남 커피 원두를 사용하죠."

"몇 시간이나 걸리죠?"

"몰라요. 나도 처음 타 봐요."

"좋아요. 첫 사랑도 그래요. 언제 이별이란 종착역에 도착할지
는 그 누구도 모르죠."

"메콩 카페의 서울 반응은 어때요?"

"거의 폭발적이에요."

"그렇다고 너무 많이 벌리지는 마세요."

"왜죠?"

"바빠지면 영혼이 사라지기 쉽죠. 그래서 돈만 남고 나중엔 숫
자만 남죠. 인간이 계산기 되는 거 잠깐이에요. 그러면 MECONG
CA PHE에서, MECONG CA PHE 커피 향에서 영혼이 사라지니까.
서울의 메콩 카페에 오는 사람들이 모두들 멋진 영감을 받길 바
라요."

"알겠어요. 다낭 당신은 아름다운 사람이에요."

"혜주 씨와 함께 하니까."
"호호.. 고마워요. 다낭 왜 결혼을 안 해요?"

"했어요. 커피와! 호호... 딸도 하나있는 걸요. 뉴욕 대학에서 영화연출을 공부했어요. 탑 건의 토니 스코트 감독을 좋아하고 미투 운동이 번지기 전에는 우디 앨런을 좋아했고, 지금은 사진작가로 일해요."
"아, 그렇군요. 그럼 다낭은 이혼?"

"혜주씨 와인이 필요한 얘기에요. 호호..."
"아, 저런... 미안해요."

달리는 기차의 창밖으로 베드님의 농부가 논에서 허리 굽혀 일하고 있었다. 그것은 아주 오래된 풍경이었고 지상에서 가장 숭고한 기도 같았다.

#14. 뉴욕 센트럴 파크

존 레논을 추모하기 위해 오노 요코가 조성한 센트럴 파크의 이매진 광장. 꽃과 인형, 장난감 기타 등이 놓여있다. 그곳으로 남자가 걸어온다. 먼저 와 기다리던 아가씨가 손을 흔들어 반긴다.

"어서 와. 센트럴 파크는 처음이지?"
"센트럴 파크에서의 데이트가 처음이지. 고독한 몸을 이끌고 몇 번 왔지."

"우리 엄마는 매일 아침 여길 달려. 커피를 위하여, 또 건강하게 술 마시기 위해서. 자, 우리 걸어요. 오노 요코가 기부를 해서 만들어진 스트로베리 필즈 정원도 가 봐요."
"당신에게도 정원을 만들어 주고 싶어."

"이봐요. 마치 여러 번 잠자리를 같이 한 연인처럼 얘기하네."
"마음으로, 환상으로는 그랬을지도 모르지."

"좋아. 솔직해서. 어쩜 나도 그랬을지 모르니까. 우린 공범이네."
"누가 주범이지?"

"글쎄. 네브래스카의 대 평원쯤이라고 희생양을 만들까? 그런데 어때 뜨거운 사랑을 원해요? 아니면 순수한 사랑을 원해요?"

"그때그때 달라요.,"

"어머, 호호..."

아가씨가 갖고 온 담요를 잔디밭에 펼쳐 놓는다.

"여기 앉아 봐요. 나는 왠지 이런 걸 하고 싶었나 봐요."

남자가 앉고 아가씨가 담요 위에 앉는다. 센트럴 파크의 하늘이 보인다. 구름과 새들과 가을바람과 뉴욕의 시간이 흘러간다. 아가씨가 묻는다.

"무슨 생각해요?"
"아무 생각도 안 나요."

"바보... 내 생각해야지."
"실례가 될까봐."

"사랑 안 해 봤나봐. 멀쩡하게 생겨갖고."
"당신 만나고 나니까 기억상실증에 걸린 것 같아. 바보 천치가 될 것 같다."

"넌 원래 정체성이 바보야. 호호..."
"사랑해."

"나도...."

아가씨가 남자의 목을 끌어안는다. 남자 천천히 오래 키스한다. 많이 외로웠나 보다.

#15, 부온마투옷 커피 농장

"혜주씨, 여기가 내 커피 농장이에요. 서울에서의 메콩 카페 커피도 다 여기가 고향이에요."
"어머 사랑스러워라."

혜주가 무릎을 꿇고 커피 농장 땅에 입을 맞춘다. 웃으며 바라보는 다낭. 혜주에게 말한다.

"혜주씨. 정말 커피를 사랑하는군요. 커피의 뿌리를 품어주는 커피나무의 어머니, 이 땅에 입을 맞추다니요, 멋진데요?"
"아뇨. 저는 아직 멀었어요. 다낭의 커피 사랑에 비하면..."

"아뇨. 저도 아직 멀었어요. 우리 어머니에 비하면..."
"어머니는 어떤 분이세요?"

"어머니는 온 세상의 아름다운 것들, 착한 것들, 못난 것들, 바보 같은 것들, 진실한 것들을 사랑하세요. 그렇다고 고백도 표현도 잘 안하세요. 세상의 아름다움을 짝사랑하는 분 같아요."

"설마. 짝사랑만 해 갖고는 어떻게, 이렇게 예쁘고 잘난 딸이 태어났죠?"
"오우, 오늘밤 와인이 한 병 더 필요하겠는데요?"

"왜요?"
"우리 엄마의 사랑얘길 하게 될지도 모르니까요. 자, 혜주씨. 가요. 다낭의 메콩 카페 커피 농장을 보여 드릴게요."

다낭은 여기저기 혜주를 안내한다.

#16. 커피 농장의 밤

모닥불이 타 오른다. 탁자가 놓여있고 의자가 대여섯 개.

"혜주 씨. 소개할게요. 오늘 특별 초대 손님은 혜주 씨지만 두 사람이 더 계세요. 이 분들은 프랑스에서 왔어요. 일부러 오늘을 위해서 제가 초대했어요. 일단 여자 분은 가수에요. 헬로 베트남 (HELLO VIETNAM)을 노래한 퀸 안, 남자 분은 퀸 안의 남편이고 헬로 베트남의 작곡자 마크 라보네, 프랑스 분이에요. 퀸 안 이분은 저의 한국인 사업 파트너 권혜주 씨 에요."

"안녕하세요? 퀸 안 그리고 마크 라보네 반갑습니다."

퀸 안과 마크 라보네 부부가 혜주와 인사를 나눈다.

"일단 와인 한잔씩 하죠. 안주는 치즈와 과일밖에 없는 게 아니라 치즈도 있고 과일도 있고 게다가 베트남의 숨결, 밤바람도 있어요. 자, 드릴게요."

다낭이 와인을 따르고 함께 마신다. 다낭이 퀸 안에게 묻는다.

"두 사람이 만난 얘기 부탁 드려도 될까요?"

"다낭 대표님은 아시겠지만 저는 벨기에서 태어났어요. 베트남 어머니와 베트남 아버지가 벨기에서 인연이 되셨던 거죠. 저는 어려서부터 본능적으로 베트남이 그리웠죠. 하지만 집안이 넉넉지 않아서 쉽게 찾아 갈 수 없는 나라였어요. 그런데 이 얘길 우연히 알게 된 마크 라보네, 이 사람에게 했더니 제 심정을 헬로 베트남이란 노래로 만들어 줬죠, 그리고 저를 가수로 만들었죠. 그래서 제가 남편으로 만들어 버렸죠."

퀸 안의 남편이 말을 받는다.

"하하... 맞아요. 운명이었던 것 같습니다. 다행히 해외에 거주

하는 베트남 사람들이 Hello Vietnam을 좋아했고 나중엔 베트남 본토에서도 이 노래가 히트를 했어요. 고마운 일입니다."

혜주가 답한다.

"좋은 노래는 하늘에서 주는 축복이라고 들었어요. Hello Vietnam 그 노랠 듣고 싶어요."

퀸 안이 남편 마크 라보네의 기타 반주에 맞춰 헬로 베트남을 노래한다.

나에게 말해 주세요 그 이름에 대하여
내가 태어난 날 나에게 주어진 것들을

나는 알고 싶답니다
오래된 제국의 옛 이야기에 대하여

나의 눈은 나보다도 그리고
당신보다도 더 많은 이야기를 한답니다

내가 당신에 대해 아는 건
전쟁의 슬픈 광경
코폴라의 영화와 헬리콥터의 굉음

어느 날 난 당신의 흙을 만질 거야
어느 날 난 마침내 당신의 영혼을 알게 될 거야

....

부온마투옷 커피 농장의 붉은 체리들이 귀 기울여 헬로 베트남을 함께 듣고 있었다. 밤이 깊어가고 있었다. 달빛이 부드러운 조명이었다.

#17. 뉴욕을 쏘다니는 아가씨와 남자

브로드웨이 뮤지컬 거리를 걷고, 재즈 클럽 블루 노트에서 재즈 콘서트를 즐긴다. 타임 스퀘어의 레스토랑 FIN에서 식사를 하고 UN 본부 앞에서 사진을 찍는다. 엠파이어스테이트 빌딩 전망대에서 뉴욕 시가지를 내려다보고 오래된 LP 음반가게와 서점 그리고 힙합 클럽도 간다. 아가씨와 남자는 그리니치 빌리지와 워싱턴 스퀘어 등을 쏘다닌다.

#18. 뉴욕 허드슨 강 유람선

바람에 머리카락이 흩날리는 아가씨. 남자가 와인 병을 들고 다가간다. 아가씨에게 잔을 내밀고 와인을 따라준다.

"꿈이 뭐죠? 아가씨!"
"창녀."

"뜻밖이로군. 왜죠? 창녀 아가씨?"
"아직 창녀가 못 됐네요. 돈을 받고 섹스 한 적은 없으니까요."

"그럼 방금한 말은 취소할게요."
"창녀가 된 나를 사랑할 정도로 그런 사람을 만나고 싶었어요.
그런 게 진짜 사랑 아닌가요. 페르소나, 껍데기가 아닌 존재 그
자체만으로 사랑 받는 것."

"나도 어쩌면 비슷하군요. 난 내가 거지, 노숙자라 해도 날 사
랑해 줄 여자를 만나고 싶었거든요."
"꿈의 입구로 들어서셨네. 그대는!"

"하긴 거지꼴로 히치하이커가 된 남자를 기꺼이 차에 태워 줬
으니... 오케이! 난 꿈을 이루기 시작했네. 공주님 덕분에."
"그러고 보니 조금은 슬프네요. 우린 누군가로부터 사랑 받고
싶은 마지막 욕심을 못 버렸으니까요."

"이름이 뭐죠?"

"참 일찍도 물어 보시네."

"천천히 알고 싶었어요. 내 이름은 롤링스톤. 아니 농담이구요.
천천히 나중에 얘기할게요."
"내 이름은 릴리, Lily Of The West, 밥 딜런이 나를 노래했죠.
믿거나 말거나."

"밥 딜런에게 질투를 느끼네요."
"자, 마셔요. 허드슨 강 바람에 우리의 사랑과 청춘과 내밀한
작은 꿈들이 다 날아가 버리기 전에.."

여자는 잔을 들어 남자는 와인 병을 들어 이 순간을 위한 축배
를 나눈다.

#19. 사이공, 월남 대통령 궁 요리실

후에의 지휘 아래 몇 사람의 요리사들이 분주하게 월남 대통령
과 에반 단장을 위한 저녁 요리를 만들고 있다.

"자, 시간이 없지만 정성을 다 기울이세요. 오늘은 대통령과 단
장 두 분을 위한 만찬이에요."

프라이팬에서 불길이 솟고 신선한 음식 향으로 주방은 5월의 들녘 같다.

#20. 사이공, 대통령궁 침실 옆 소규모 만찬실

대통령이 퇴근 후 거처하는 침실에 딸린 소규모 만찬 공간에서 식사하는 대통령과 에반 단장.

"대통령님 이번 베트남 해피 뉴 이어 기간에 전쟁을 쉰다고 한, 북베트남의 평화 선언 어떻게 생각하세요?"
"그 말 대로 이뤄지면 좋겠지만 석연치 않습니다. 하지만 일단 지켜 볼 수 밖 에요."

"보고 받은 정보에도 그런 얘기가 많습니다."
"아, 그리고 오늘은 우리 가족들, 손주들도 잠시 후 여기 올 거에요. 인사를 드리게 하고 싶군요."

"네, 좋습니다. 저도 고향에 가면 친척 아이들이 있습니다. 애들은 언제 봐도 예쁘고 행복합니다."
"자, 아이들과 베트남의 평화를 위해서 한잔 하시죠."

"대통령님의 건강과 베트남의 평화를 위해서 건승을 기원합니다,"

대통령과 에반이 와인을 마신다.

#21. 대통령궁 요리실

잭슨이 요리실로 들어온다. 후에에게 말한다.

"커피를 두 잔만 더 갖다 주세요. 오늘 커피가 유난히 맛있다고 대통령님과 에반 단장님이 리필을 원하셨습니다."
"아, 그렇군요. 알겠습니다."

커피 주문을 마친 잭슨이 나간다.

후에는 커피를 준비한 다음 잠시 주위를 둘러보고 나서 요리실 서랍 깊숙이 숨겨 놓은 뚜앙으로 부터 받은 독약봉지를 꺼낸다. 떨리는 손길로 급하게 커피에 탄다. 잠시 주위를 둘러보고 심호흡을 한다. 그리고 요리실의 웨이터를 부른다.

"주엉."
"네 부르셨습니까?"

"이 커피를 대통령님 만찬실에 갖다 드려."

커피 쟁반을 들고 나가는 주엉. 이때 잠시 생각하던 후에가 주엉의 쟁반을 뺏는다.

"주엉. 가서 쉬어. 이건 내가 갖고 갈게."
"괜찮습니다."

"아냐. 가서 쉬어. 어서."

주엉이 쟁반을 넘긴다. 후에가 쟁반을 들고 나가 엘리베이터를 탄다. 주엉이 후에의 뒷모습을 의아하게 바라본다.

#22. 대통령궁 소규모 만찬실

두근대는, 쿵쾅거리는 가슴을 억누르며 후에가 소규모 만찬실로 들어선다. 대통령이 손녀, 손자, 가족들로 가득 친 민찬실. 대통령과 에반 단장이 후에를 바라본다. 후에, 당황한다. 어떻게 할까 망설인다. 대통령이 입을 연다.

"후에. 고마워. 커피가 유난히 맛있어서 한잔을 더 부탁했지. 에반 단장님이 후에의 커피를 나 보다 더 좋아하셨어."
"댕큐, 후에."

에반 단장도 후에에게 한마디 인사를 건넨다. 후에, 천천히 테이블 가까이 다가가 커피 잔을 놓으려 한다. 강아지를 데리고 노는 아이들의 웃음소리, 대통령과 단장이 아이들을 평화롭게 바라본다. 후에 느린 동작으로 그 광경을 바라보며 망설이다가 잠시 어쩔 줄 몰라 하며 우물쭈물 하다가 입술을 지그시 깨문다. 그리고 일부러 넘어진다.

바닥에 떨어져 쏟아지는 커피와 나뒹구는 커피 잔. 카펫 위로 커피의 갈색 물이 적셔진다. 대통령과 단장이 서로를 마주본다. 단장이 넘어진 후에의 손을 잡아 일으켜 세운다.

"후에, 괜찮소?"
"아, 네... 잠시 현기증이 났습니다. 저의 어린 시절이 떠올랐던 것 같습니다. 단장님. 죄송합니다. 오랜만에 아이들을 보니까..."

대통령이 입을 연다.

"너무 피곤했나 보군. 후에, 가서 쉬도록 하게."

"감사합니다. 대통령님, 단장님 감사합니다."

후에가 두 사람에게 가까스로 인사 한 뒤, 주섬주섬 깨진 커피 잔등을 쟁반에 주워 담아 나간다. 후에의 뒷모습을 바라보는 대통령과 단장.

#23. 사이공의 Bar 'Blue'

뚜앙이 무거운 표정으로 후에에게 다그치듯 말문을 연다.

"어떻게 된 거지? 왜 실행을 안 해? 베트남의 인민들이 너무 많이 죽어가고 있는데... 하루 빨리 대통령과 단장을 없애 줘."

목이 타는 듯 후에가 술잔을 들어 단숨에 마신다.

"못해요. 아이들이 있었어요. 강아지도... 웃음소리가 들렸고 너무나 평화롭고 사랑스런 시간이었어요."
"그래서?"

"도저히 할 수가 없었어요. 만약 아이들이 없었다면 아니 그것도 잘 모르겠어요. 어쩌면 아이들이 날 살리고 모두를 살렸을 거에요. 단지 그것뿐이에요. 그 순간에는... 그래요. 어쩔 수 없었어요. 당신 마음을 알 것 같아요. 난 갈래요. 더 이상 날 찾거나 무언가를 요구하지 마세요. 혼란스러워요."

일어서서 나가는 후에의 손목을 잡아채는 뚜앙. 후에에게 격렬하게 키스한다. 뿌리치고 고개를 돌리고 거부의 몸짓으로 더 격렬하게 품에서 벗어나는 후에가 총총히 발길을 옮겨 바의 밖으로 나간다. 바 앞의 길가에 주차된 차에서 경적을 울리며 잭슨이 운전석에 앉아 후에를 손짓한다. 후에, 깜짝 놀란 채 잭슨의 차로 다가간다.

"어떻게?"
"단장님이 후에를 밀착 경호하라 했습니다."

"그럼 내가 무슨 짓을 했고 누구를 만났는지도 아나요?"
"후에. 당신을 혼란스럽게 만들지 말라는 단장님의 명령이 있었어요. 갑시다."

차가 움직이자. 특공대원들이 바 Blue 안으로 진입한다. 창 밖으로 특공대원을 발견한 후에의 불안한 눈빛. 이미 위험을 눈치챈 뚜앙이 바 Blue 안의 책장을 열어젖히자 비밀통로가 나타난다. 피신하는 뚜앙. 들이 닥치는 특공대. 수색하는 소리, 도주하는 발자국 소리. 쫓아가는 발자국 소리. 총소리가 난다. 건물 지붕 위에서 지붕 위로 피신하는 뚜앙. 뒤 쫓는 특공대.

잭슨이 운전하는 차가 사이공 강변을 달린다. 어느새 하늘이 붉은 노을로 물들어가고 있었다.

2부

코끼리와 커피 그리고 칸트

#24. 부온마투옷 커피 농장에서의 모닝커피

"모닝, 혜주."
"굿모닝, 다낭."

"저리로 같이 가요. 아침 산책 겸 조금만 걸으면 세상에서 가장 맛있는 모닝 커피를 마실 수 있어요."

아침 햇살에 반짝이는 커피 농장의 풍경이 눈부셔 온다. 달빛 먹고 피어난 새 하얀 커피 꽃, 햇빛 먹고 커피나무 가지에 열린 빨간 커피 체리 그 위로 부드러운 바람이 입맞춤하듯 불어가고 있었다. 가슴이 아릿해 온다. 두 여자는 서로를 마주 보며 공감한다는 듯 행복한 미소를 짓는다.

#25. 커피 농장 아낙네

"마이 티 응옥짱, 모닝커피를 부탁해요."

커피 농장에서 일하는 아낙네 마이 티 응옥짱이 웃으며 알았다는 듯 고개를 끄덕인다. 탁자도 의자도 없다. 아무 것도 없다 그냥 세상에서 가장 맛있는 커피만 있게 될 것이다. 잔디밭에 털썩 주저앉은 두 여자. 오래 된 프라이팬에 커피를 볶는 마이 티 응옥짱. 다낭이 문득 손에 들고 있던 빛바랜 낡고 해진 노트를 펼친다.

"혜주씨. 우리 어머니의 일기장이에요. 얼마 전 어머니는 심장 수술을 받으셨어요. 다행히 지금은 회복 중이세요. 이 일기장을 수술실 들어가시면서 제게 주셨죠. 어머니는 베트남 전쟁 때 미국 군사고문단장님을 사랑했어요. 그 이전에 첫 사랑은 뚜앙이라는 대학시절의 남자친구였어요. 하지만 뚜앙은 다른 여자, 어머니의 가장 친한 친구와 결혼했어요. 그래서 어머니가 마음고생을 많이 하셨죠. 이 일기장에는 어머니가 남베트남 대통령궁 최고 셰프로 일할 때의 이야기들이 쓰여 있어요."

마이 티 응옥짱이 볶는 커피 향이 아침 대기 속으로 번져 나간다. 혜주가 가슴을 열어 심호흡을 크게 하며 커피 향을 마시자 마이 티 응옥짱이 프라이 팬 위로 손을 내 지이 혜주에게 커피 향을 더 많이 보내는 몸짓을 한다. 혜주가 고개를 까딱하고 고맙다는 인사를 표시한다.

일기장을 펼쳐드는 다낭. 금세라도 어머니, 후에의 목소리가 들려올 것만 같다.

#26. 후에의 일기장

일기장에 쓰여진 후에의 글을 다낭이 읽어 나갔다.

에반

당신은 내가 이런 일기를 적는 줄 모를 거 에요.
아마 영원히 모를 수도 있을 거 에요.
하지만 나는 적어 나가요. 당신을 사랑하니까…
사랑은 이렇게 맹목적인 것 같아요.
난 당신에게 바라는 게 아무 것도 없어요.

당신의 가슴 속에는 누가 있나요?
나는 내 마음에 당신을 안고 있어요.
당신도 모르게 말이죠.

에반

당신에게 내 고향 후에와
또 가까운 다낭 그리고 호이안도 보여주고 싶어요.
후에의 왕궁은 폭격으로
많이 부서졌다고 해요.
마음이 아파요.

호이안의 강물을 보면

다낭의 하늘을 보면

이렇게 아름다운 나라에서 전쟁이 벌어지고

매일 많은 사람들이 죽어 간다는 게

믿어지지가 않을 거 에요.

전쟁은 끝나야 해요.

어떡해야 그럴 수 있죠?

에반, 당신은 알고 있나요?

누군가의 사랑이 되고 싶은 후에가

#27. 호이안에서의 에반과 후에

호이안의 투본 강에서 후에를 위해 조각배의 노를 젓는 에반. 강을 따라 줄 지어 늘어서 있는 프랑스풍의 야트막한 건물들이 아름답다. 햇빛이 찬란하다. 후에는 아오자이를 입고 있다. 묵묵히 노를 젓는 에반.

"꿈을 꾸는 것 같아요."

후에가 반쯤 잠긴 목소리로 혼잣말처럼 입을 연다. 에반이 그런 후에를 바라보며 엷게 미소 짓는다.

"후에. 내 마음도 그래."

후에, 잠자코 고개를 끄덕이더니 지갑에서 지폐 몇 장을 꺼낸다. 그리고 투본강물 위에 살그머니 띄운다. 의아한 듯 에반이 그 모습을 바라본다. 물결에 흔들리며 천천히 흘러가는 지폐. 후에가 말해 준다.

"저 돈의 한 장은 당신을 위해서, 또 한 장은 나를 위해서, 또 한 장은 우리들의 미래를 위해서 기도처럼 투본 강에 바친 거 에 요. 투본 강의 신이 우리들의 소망을 들어줄 거 에요."
"고마워. 후에. 오늘 밤 좋은 시간이 있을 것 같네."

"오늘 밤? 좋은 시간? 그게 뭐죠? 지금도 충분히 행복해요."
"후에, 어제 다낭에서 다낭의 리버 한(River Han) 강물을 바라보며 문득 강이 당신의 아오자이 같다는 생각을 했지. 그리고 여기 투본 강은 마치 당신의 손길 같다는 생각이 들었소. 그리고 당신의 투본 강 여신이, 강변의 사람들과 강변의 집들의 행복을 위해 모든 사악한 것들을 끊임없이 쫓아내고 씻어내는 것 같네. 여기 온 건 정말 잘 된 나의 행운이야. 고마워. 후에."

말을 마친 에반이 후에를 향해 사랑스런 눈길을 보낸다.

"내가 고맙죠. 에반 우리 커피 마셔요."

후에가 텀블러에서 커피를 따른다. 그리고 에반에게 말한다.

"나에게 키스 해 줄 수 있어요?"
"노를 젓는 중인데..."

"노는 잠시 놓아두세요. 에반."

에반이 고개를 끄덕인다.

"좋아요."

그제 서야 따른 커피를 한 모금 입안에 넣은 후에가 에반에게 다가간다. 눈을 감는다. 그리고 에반의 입을 맞춘다. 그리고 자신의 입속에 담았던 거뫼틀 그의 입에 넣어준다. 에반이 그 커피를 삼킨다. 그제서야 입술을 떼는 후에가 말한다.

"어때요? 커피 맛."
"후에의 맛 같아."

"다행이네요. 후에의 맛이 어때요?"
"한 잔 더 마셔봐야 제대로 알 것 같은데?"

"처음이자 마지막이에요."

이때 총소리가 나고 총알이 날아와 에반의 어깨를 스친다. 갑
작스런 총소리가 난 방향을 바라보는 에반. 약간 멀리서 조심스
레 뒤 따르던 잭슨의 배에서 대응사격이 가해진다. 에반을 암살
하기 위해 총격을 가하고 도주하는 게릴라들. 후에가 에반에게
걱정스레 다가간다.

"어머, 괜찮아요? 에반? 어떡해요?"
"난 괜찮아, 후에. 투본 강 여신이 날 살려 준 것 같군."

이미 저 멀리 떠내려가고 있는, 후에가 기도처럼 바친 지폐 몇
장이 한가롭기만 하다.

#28. 다낭의 휴양지 '박 미안 비치'

에반의 상의를 벗기고 총알이 스친 어깨를 치료하는 후에. 조
심어린 표정. 붕대를 감아주며 말한다.

"미안해요. 내가 호이안에 가자고 해서요."
"아냐. 난 행복해. 이젠 총소리가 안 들리면 오히려 불안해."

"오우, 저런..."

후에가 에반의 얼굴을 품에 안는다. '박 미안 비치'의 파도가 부서진다. 바다는 어둠 속에서 하얀 이를 드러내곤 한다. 에반과 후에의 방갈로, 옅은 불빛 속에서 두 사람이 포옹한다. 잠시 후 불이 꺼진다.

#29. 부온마투옷 커피 농장

"그래서 내 이름이 다낭이에요. 나는 내 이름이 자랑스러워요. 마음에도 들고요. "
"다낭은 아름다워요. 그래서 많은 사람들이 찾아오는 곳이죠,"

"그래요. 나도 조용한 걸 좋아하지만 사는 건 이렇게 바쁜 일들 이 매일 몰려 오네요. 불밀 늦이... 호호... 그런데 혜주씨는 왜 메 콩 카페를 하고 싶어졌죠?'

대답을 망설이는 혜주.

"사실은..."
"얘기 해 봐요. 내키지 않으면 그만 두고요."

"다낭에게만큼은 얘기하고 싶네요."

"고마워요."

"다낭 나에겐 딸이 있었어요."

"있었어요? 그게 무슨 말이죠?"

"제 딸은 마음이 너무 여리고 예민했어요. 잎 새에 스치는 바람에도 괴로워하는 아이였어요. 지난해 여고 3학년 때 좋은 대학엘 갈 실력이었는데 자기가 합격하면 누군가 대학엘 못 갈 수 있다는 생각 때문에 고통스러워하는 아이였어요. 결국 대학시험을 치기도 전에.. 호치민에 와서... 자살을 했어요."

"극도의 이상주의자, 평등주의자였군요, 안타까워요. 영혼의, 존재의 아름다움은 모든 사람이 다 같지만 재능은 저 마다 다양하게 타고 난건데..."

"그런 성격에다가 남자친구가 있었는데 실연까지 당했던 것 같아요, 남자친구의 티셔츠를 입고 호치민에서 세상을 떠났어요. 그 아이는 호치민을 사랑했어요. 오토바이 물결을 보면 너무 좋다고 했어요. 사이공의 강물도 좋아했어요. 남자친구 냄새가 그리웠나 봐요."

"아... 어떡해?..."

혜주를 위로하기 위해 다낭, 혜주의 어깨를 감싼다.

"그래요. 하지만 울고만 있을 수는 없잖아요? 그래서 베트남을 잊지 않고, 호치민을 잊지 않고, 제 딸의 마음을 잊지 않기 위해 다낭, 당신을 만나 MEKONG CA PHE 한국 프랜차이즈 사업을 하게 된 거 에요."

#30. 베트남 전쟁과 독립선언

정글의 땅굴을 수색하는 한국군. 땅굴의 입구를 발견하는 한국군. 화염방사기로 공격하는 한국군. 온 몸에 불이 붙어 땅굴의 입구로 튀어 나오는 게릴라.

하늘 위에 나타난 B29 폭격기에서 네이팜탄이 쏟아진다. 불길한 예감으로 뚜앙이 전진하던 베트콩 부하들을 흩어지게 한다. 불붙는 정글.

호치민의 사진이 걸린 작전회의장에서 지도를 펼쳐 놓고 작전회의하는 월맹군 수뇌부. 한국군 진지에서 한국 군인들이 정글에 고엽제를 살포한다.

1945년 8월 25일 오후, 탄 차오의 게릴라 기지를 떠난 호치민이 드디어 하노이에 도착한다. 호치민은 베트민 동조자가 제공한 3층 건물에 자리를 잡고 베트남 민주공화국을 위한 독립선언문을 자신이 오랫동안 지니고 다닌 낡은 타자기로 작성한다. 차를 마시는 호치민. 이따금 기침을 한다. 심장계통의 지병을 앓고 있는 호치민. 두 눈빛이 분노와 베트남의 자주와 독립을 위한 갈망으로 불타는 호랑이 같다.

1945년 9월 2일 새벽부터 바딘 광장으로 사람들이 모여들기 시작한다. 축제 분위기. 깃발과 등불과 꽃의 물결. 거리의 깃발에는 베트남어, 프랑스어, 영어, 중국어, 러시아어로 '베트남인을 위한 베트남' '프랑스 식민주의 타도' '호치민 주석지지' '연합군 환영' 등의 문구가 쓰여 있다.

하노이 시 주변에서 수십만 명의 농민들이 몰려왔다. 인민의용대가 대열을 맞춰, 아이들도 혁명가를 부르며 발을 맞춘다. 오후 2시에서 몇 분이 지나 호치민이 나타난다. 측근으로부터 빌려 입은 칼라가 높은 카키색 양복에 하얀 고무 샌들을 신은 호치민은 독립선언문을 낭독하기 시작한다.

"모든 인간은 평등하게 창조되었습니다. 그 누구든 창조주로부터 양도할 수 없는 권리를 부여 받았습니다. 그것은 생존과 자유 그리고 행복의 추구 등이 바로 그러한 권리입니다. 동포 여러분 내 말을 알아듣겠습니까?"

50만 명 군중이 우렁차게 한 결 같이 "예~!"하고 화답한다.

"베트남은 자유와 독립을 누릴 권리가 있으며 실제로 자유롭고 독립적인 나라가 되었습니다. 이제 베트남의 모든 인민은 모든 신체적, 정신적 힘을 모으겠다고, 자유와 독립을 지키기 위해 생명과 재산을 희생하겠다고 결의해야 합니다. 동포 여러분들 내 말을 알아듣겠습니까?"

50만 명 군중이 또 다시 바딘 광장이 떠나갈 듯이 더욱 우렁차고도 장엄하게 "예~!"라고 화답한다.

#31. 호치민 탄손누트 공항

공항으로 들어서는 두 여자. 다낭은 MEKONG CA PHE 스타일, 즉 월맹정규군들이 입던 초록군복 느낌의 공항 패션이다. 다낭이 혜주에게 손을 내민다.

"혜주씨. 이번 콩 카페를 위한 커피 여행 어땠어요?"
"너무 좋았어요. 고마워요. 영원히 잊지 못할 거 에요. 특히 다낭의 어머님의 사랑 이야기 들려 주셔서 너무 감사해요. 다낭, 내가 남자였다면 당신과 결혼했을 거 에요."

"어머 결혼을 도대체 몇 번씩이나 하려고 그래요?"
"내 주변은 대개 두세 번이 에요. 난 한번. 이거 너무 겸손한 인생 아닌가? 호호... 더구나 나는 현재진행형."

"혜주씨. 베트남 전쟁 때 고엽제가 특히 많이 뿌려진 곳, 피해자가 많이 난 땅을 구입하고 있어요. 메콩 카페는 NO WAR, YES PEACE에요. 혜주씨도 고엽제 피해 땅 구입할 때 참여하세요. 그곳의 커피 콩은 평화의 씨앗들이에요."

"알아요. 너무 멋져요. 왜 이런 여자를 세상의 남자들은 혼자놔두나 모르겠네요."

"못 들은 걸로 할게요. 혜주씨. 난 그럼 이제 GO 마닐라, 혜주씨는 GO 서울. 다시 만나요. Tam Biet. 잘 가요."

"Tam Biet"

#32. 마닐라 근교 마카티의 호텔 I AM

필리핀의 수도 마닐라의 '니노이 아키노' 국제공항에서 30분 정도 차량으로 이동하면 마닐라 근교 '마카티'가 나타난다. 그곳의 '칼라이언' 거리의 호텔 'I AM' 정문으로 들어서면 바닥이 투명 유리로 만들어져 있어서 만약 올려다본다면 2층 수영장의 수영객들 모습을 고스란히 볼 수 있다. 호텔 I AM의 라이언 회장이 호텔로 들어설 때, 다낭은 2층 수영장에서 수영을 하는 중이다.

#33. 호텔 I AM 스위트 룸

라이언이 여자와 섹스한다.

#34. 호텔 I AM 라이언 회장실

라이언이 부하 직원으로부터 보고를 받는다.

"리차드가 사고를 냈습니다."
"무슨 얘기야?"

"죄송합니다. 리차드가 돈을 빼 돌렸습니다. 그리고 개인적으
로 한국에서 투자를 받아 불법 도박 사이트를 만들어 몇 달 전부
터 따로 몰래 운영해 왔습니다."
"얼마나? 언제?"

"어제 밤이었습니다. 소재를 파악 중입니다. 액수는 100만 불
이 좀 넘습니다."
"흠... 100만 불에 목숨을 걸었다. 돈은 빨리 회수하고 그리고
목숨은... 가족이 있나?"

"한국에 있습니다. 아이 둘과 부인입니다."

"그래? 그럼 아이 둘은 놔두고 일단 리차드와 부인만..."

"네. 알겠습니다. 부인은 이미 납치 해 놓은 상황입니다."
"그럼 리차드도 곧 나타나겠군."

"네, 신속히 처리하겠습니다."
"그리고 다른 일은?"

"말씀하신 베트남 커피 프랜차이즈 MEKONG CA PHE 대표 다낭이 지금 여기 와있습니다. 오늘 오후 2시 I AM 호텔에 체크 인했습니다."
"그래? 아무튼 다낭과 저녁 약속을 잡아 놔."

"네, 알겠습니다."
"그리고 내 방의 여자에게는 꽃값을 넉넉히 줘서 보내."

"네, 그럼 저는 이만 물러가겠습니다."

#35. 다낭과 라이언이 호텔에서 나와 밤거리를 산책한다

거리의 여자들이 매춘을 하기 위해 지나가는 남자들에게 접근한다. 저녁식사를 마치고 거리로 나온 두 사람, 다낭이 라이언에게 말한다.

"MEKONG CA PHE 체인점을 필리핀에서 운영하고 싶은 이유가 뭔가요?"

"난 베트남 사람이에요. 고향이 그리운 거겠죠. 추억은 없어요. 너무 어렸을 때 보트 피플로 피난 온 곳이 필리핀이었으니까요. 필리핀은 베트남 보다 더 덥고 더 뜨거운 곳이죠."

"그런 가요?"

"돈은 얼마든지 있어요."

"아무리 베트남이 고향이지만 돈 만 갖고 메콩 카페의 영혼을 살 수는 없어요."

"알아요. 그게 바로 세상 모든 부자들의 고민이죠. 하하... 나도 그렇고요. 나, 라이언은 원래 마약장사에요, 태국 골든트라이앵글 이편에 내 지분이 컸었죠. 지금은 치앙라이에서 아편 내신 차와 커피를 재배하고 있고, 멕시코에도 마약 카르텔 제 지분이 있죠. 하지만 서서히 빠져 나오는 중이에요. 예전엔 미국, 한국, 일본에 마약 수출을 많이 했죠. 마약보다 먼저 손 댄 건 매춘사업이었죠."

"왜 그런 사업을 하죠?"

"마닐라에서 어린 시절을 보냈어요, 배가 고파서 쓰레기통을 뒤졌어요. 마닐라 유기견이었죠. 어머니는 연약한 분이었어요, 정신적으로는 가장 강한 시인이셨지만... 보트 피플로 필리핀에 왔을 때는 이미 기력이 쇠잔해 지셨었죠. 아마 내 걱정 때문에 그래도 억지로 버티셨던 것 같아요. 내가 아홉 살 때 쓰레기처럼 버려지셨죠. 나도 마닐라 시내에서 가장 맛있는 쓰레기통을 찾아 헤맸죠. 그러면서 갱들을 만났고 자연스럽게 운명처럼 매춘, 마약, 도박 사업하다가 이제는 호텔사업, 커피사업으로 바꾸고 있는 중이죠."

"운명은 받아야하지만 그 안에 축복을 골라 먹어야하는 거 아닌가요?"

"매춘은 욕망의 바다에요. 마약은 설명이 아니라 체험이죠. 아메리카보다도 훨씬 이전에 발견된 환상의 대륙이고요. 도박은 힌두교의 명상과 불교의 참선과도 같은 나를 잊는 여행이에요. 나 같은 사업가가 없었다면 많은 사람들이 강간을 하거나 당하거나 미쳐 버렸을 거 에요."

"불법은 안 좋아요."

"그 무엇과도 바꿀 수 없는 스릴이 있죠. 그리고 무정부주의의 해방감은 또 하나의 자유와 독립이에요. 베트남 독립선언문에도 나와있죠."

"라이언. 함부로 말하지 말아요."

"완벽하게 틀린 말은 아니겠죠?"

"오늘은 이만 돌아갈게요."
"30분 후에 가시죠."

"왜죠?"
"요 근처에 라이브 클럽이 있어요. 음악으로 화해하고 싶군요, 난 MECONG CA PHE를 해야 해요. 필리핀에서."

"좋아요. 30분."

다낭은 이상하게도 라이언을 거부할 수가 없다.

#36. 카파티의 코파카바나 라이브 클럽

아르헨티나 출신의 혁명가 '체 게바라'를 테마로 한 라이브 클럽 코파카바나로 다낭과 라이언이 들어선다. 위스키를 주문하는 라이언. 라이언이 얼음 잔에 위스키를 따라 다낭에게 건넨다. 그리고 자신의 얼음 잔을 다낭에게 내민다. 다낭이 라이언의 잔에 위스키를 따라 준다. 잔을 다 채우고도 철철 넘치게 따라준다. 테이블 위로 위스키가 흥건하게 넘쳐나 흐른다.

"다낭 무슨 뜻이죠?"

"몰라요."

"좋아요. 다낭을 위해서!"

"라이언을 위해서!"

잔을 가볍게 부딪고 마시는 두 사람. 무대 위의 밴드가 호텔 캘리포니아를 연주한다.

어두운 사막의 고속도로, 차가운 바람이

내 머리카락을 휘감네

아련한 대마초 냄새가 공기 중에 피어오르고

저 멀리 가물거리는 빛을 보았지

머리는 무겁고 눈이 침침 해졌네

그날 밤 쉬어가야 했지

현관에 여인이 서있었네

교회 종이 울리는 소리를 들으며

혼자 생각했다네

여기는 천당이거나 아니면 지옥일 것이라고

여인이 촛불을 켜고 날 안내했네

복도 저편에서 사람들의 목소리가 들려왔지
이렇게 말하는 것 같았네
호텔 캘리포니아에 오신 걸 환영합니다

너무나 멋진 곳
너무나 아름다운 얼굴
호텔 캘리포니아에는 빈 방이 많답니다.
연중 어느 때라도 방을 구할 수 있어요.

그 여인은 보석생각만 하고, 자동차는 벤츠라네
그 여인의 주변엔 예쁘장한 남자들이 많이 있지,
그 여인이 친구들이라고 부르는
안뜰에서 춤추는 그들의 모습, 달짝지근한 여름의 땀 냄새.
어떤 이들은 추억을 간직하기 위해 춤을 추고,
어떤 이들은 잊어버리기 위해서 춤을 추지

나는 일하는 사람을 불렀다네
포도주를 가져다 달라고 부탁했지
그 사람은 대답했네, 1969년 이래 그런 술은 팔지 않는다고
그리고 아직도 멀리서 그 목소리들이 들려와서
한밤중에 깨어나게 된다네

그들이 말하는 소리에

호텔 캘리포니아에 오신 걸 환영합니다.
너무나 멋진 곳
너무나 아름다운 얼굴
호텔 캘리포니아에서 다들 한껏 즐기고 산다네

얼마나 뜻밖의 일인지,
구실만 만들어 오면 된다네
천장에는 거울이 달려있고
분홍 샴페인이 얼음위에 놓여있네

그리고 그 여인은 말했다네, '우린 모두 여기 갇혀 있답니다'
바로 자기 자신에 의해
그리고 주인 방에 모여
잔치를 벌였다네

쇠칼로 찔러보았지만
그 야수를 죽일 수가 없었다네
기억나는 마지막 일은
문을 향해 달려갔다는 것이지

돌아가는 길을 찾아야 했다네
전에 내가 살던 곳으로
진정해요, 야간 경비원이 말했다네

우리는 늘 손님 받을 준비가 돼있어요
언제든지 방을 비울 수는 있지만
절대로 이곳을 떠날 수는 없답니다

"다낭 난 이 노래가 좋아요. 체크아웃을 할 수는 있지만 결코 호텔을 벗어날 수 없다는 가사가 좋아요. 인생은 무의미한 체크아웃을 계속하는 거죠."

"체크아웃 그 자체가 희망이고 도전이고 구원 아닌가요?"

"나는 불법 도박 사이트로 돈을 많이 벌었어요. 셀 수 없을 만큼 벌었어요. 하지만 난 가슴이 가난하고 영혼이 쓰나미 에요. 여전히 필리핀의 유기견이죠. 빠르면 오늘밤 늦어도 내일이면 두 사람이 죽을 거 에요. 한국인 부부인데 사실 여자는 죄가 없어요. 그래도 죽여야 해요. 그게 우리 조직의 법이죠. 남자가 내 돈을 갖고 튀었어요. 첫날부터 경고했는데 2년 만에 사고를 쳤네요."

"ㄱ 얘긴 내게 하는 이유가 뭔가요?"

"내 잔이 위스키로 넘쳤나이다. 그래서 내 혓바닥도 이야기로 넘쳤나이다."

"라이언. 그 두 사람을 살리세요."

"왜죠?"

"들었는데 모른 척 할 수가 없어요. 어쩌면 나의 어머니 그리고 라이언 어머니의 영혼이 지금 이 자리에 와 계신지도 모르죠. 그 분들이 내 마음 속으로 들어와 그 분들이 얘기하는 걸까요?"

"놀랍군요."
"약속해요. 두 사람을 살리겠다고."

"나 스스로 내가 정한 법을 어기면 그 다음엔 내가 죽을지도 몰라요."
"누가 누구에게?"

"내가 그들에게."
"그들이 누구죠?"

"뒤로는 불법사업을 하고 앞으로는 합법적인 어느 나라 정부의 정보기관이겠죠. 아마도..."
"모르겠어요. 살려야 해요."

"한 잔 더 줘 보세요."

다낭이 이번엔 알맞게 술을 따른다.

"좋아요. 술값을 해야겠군요. 성경에 보면 인생이 100이면 눈은 90이라고 했어요. 이렇게 할게요. 목숨은 살리고 그 부부의 두 눈은 내가 가질게요."

"한 잔 따라 봐요. 라이언."

이번엔 라이언이 술을 따라 준다. 한 모금을 마시고 다낭이 말한다.

"라이언. 어차피 MEKONG CA PHE 얘기도 해야 되고, 내일 다시 만나요. 눈을 갖는다는 얘기도 일단 보류하세요."

일어서서 나가는 다낭. 밴드가 비틀즈의 DON'T LET ME DOWN을 연주한다.

날 실망시키지 말아줘
날 실망시키지 말아줘
이제껏 그 누구도 그녀처럼
니를 사랑헤준 사람은 없었어

그녀는 나를 사랑해, 그래
그녀는 나를 사랑해
만약 누군가 나를 사랑했었다면
오, 그건 그녀일거야
그래, 그녀는 나를 사랑해

날 실망시키지 말아줘

날 실망시키지 말아줘

처음으로 사랑에 빠져버린 거야

마지막 사랑이기도 하지

우리의 사랑은 영원한 사랑인거야

과거도 없이 말이야

날 실망시키지 말아줘

날 실망시키지 말아줘

그녀는 나를 미치게 해버리지

오, 그녀는 정말 나를 미치게 해

난 그녀에게 미쳐버린 거야

아무도 나를 그리 미치게 한 적은 없었어

오- 그녀는 나를 미치게 해

난 그녀에게 미쳐버린 거야

날 실망시키지 말아줘

날 실망시키지 말아줘

#37. 다낭과 라이언

이튿날 오후, 라이언이 직접 운전을 하고 옆 자리에 다낭이 앉아있다. 마닐라 시내를 지난다. 마닐라 시내를 벗어나 필리핀의 영웅 '호세 리잘'의 동상이 있는 광장 앞에 차를 세우고 다낭을 안내하는 라이언.

"다낭 난 여기 광장 옆에 MECONG CA PHE 필리핀 1호점을 내고 싶어요. 허락해 주세요. 저 동상은 의사출신으로 필리핀의 영웅인 호세 리잘이에요. 나의 어머니처럼 시인이었어요. 그리고 베트남의 호치민 주석처럼 사유재산이 없었어요."

"알아요. 호치민 주석이 베트남의 영혼이듯이 호세 리잘도 필리핀의 영혼이죠."

"다낭, 호세 리잘은 독립운동을 하다가 투옥돼 공개처형 당했어요. 그 전날 낮에 호세 리잘은 이런 시를 필리핀 민중에게 남겼고 찾아 온 누이에게 간수 몰래 전달했어요."

라이인이 호세 리잘의 유적시를 닝숭한다.

마지막 인사

잘 있거라 내 사랑하는 조국이여
태양이 감싸주는 동방의 진주여
잃어버린 에덴이여
나의 슬프고 눈물진 이 생명을

너를 위해 바치리니
이제 내 생명이 더 밝아지고 새로워지리니
나의 생명 마지막 순간까지
너 위해 즐겁게 바치리

형제들이여, 그대는 한 올의 괴로움도
망설임도 없이 자유를 위한 투쟁에서
아낌없이 생명을 바쳤구나
월계수 백화 꽃 덮인 전나무 관이거나
교수대이거나 황량한 들판인들
조국과 고향을 위해 생명을 던졌다면
그게 무슨 상관이랴

어두운 밤 지나고
동녘에서 붉은 해 떠오를 때
그 여명 속에 나는 이 생명 마치리라
그 새벽 희미한 어둠 속
작은 불빛이라도 있어야 한다면
나의 피를 흩뿌려
어둔 새벽 더욱 밝히리라

나의 어린 시절이나
젊은 혈기 넘치는 지금이나

나의 소망 오직
동방의 진주 너를 흠모하는 것
검고 눈물 걷힌 너의 눈
한 점 꾸밈도 부끄럼도 없는
티없이 맑고 부드러운 눈
동방의 진주 너를 바라보는 것이었노라

이제 나는 너를 떠나야 하는구나
모든 즐거움과 절실한 열망을 버리고
아 너를 위해 가슴 속에서 우러나
만세 만세를 부르노라

우리에게 돌아올 최후의 승리를 위해
나의 죽음은 값지리니
네게 생명을 이어주기 위해
조국의 하늘 아래 숨 거두어
신비로운 대지에 영원히 잠들리니
아 행복하여라

먼 훗날 잡초 무성한 내 무덤 위에
애처로운 꽃 한 송이 피었거든
내 영혼에 입 맞추듯 입맞추어다오

그러면 차가운 무덤 속
나의 눈썹 사이에
너의 따스한 입술과 부드러운 숨소리 느끼게 되리니
부드러운 달빛과 따스한 햇빛으로
나를 비쳐다오
내 무덤가에 시원한 솔바람 불게하고
따스하게 밝아오는 새 빛을 보내다오

작은 새 한 마리
내 무덤 십자가에 날아와 앉으면
내 영혼 위해 평화의 노래를 부르게 해다오
불타는 태양으로 빗방울 증발시켜
나의 함성과 함께 하늘로 돌아가게 해다오

너무 이른 내 죽음을 슬퍼해다오
어느 한가한 오후
저 먼 저승의 나를 위해 기도해다오
아 나의 조국
내 편히 하늘나라에 쉬도록 기도해다오

불행히 죽어간 형제들을 위해
기도해다오
견디기 어려운 고통 속에서 죽어간 이들을 위해

기도해다오
고난 속에 눈물짓는 어머니들을 위해
기도해다오
감옥에서 고문으로 뒹구는 형제들
남편 잃은 여인들과 아이들을 위해
기도해다오

내 무덤가 십자가 비석도 잊혀져 가면
삽으로 밭을 일궈
내 무덤에서 시신의 재를 거두어
조국의 온 땅에
골고루 뿌려다오

내 영원히 사랑하고 그리운 나라
필리핀이여
나의 마지막 작별의 말을 들어나오
그대들 모두 두고 나 이제 형장으로 가노라
내 부모, 사랑하던 이들이여
저기 노예도 수탈도 억압도
사형과 처형도 없는 곳
누구도 나의 믿음과 사랑을 사멸할 수 없는 곳
하늘나라로 나는 가노라

잘 있거라, 서러움 남아 있는
나의 조국이여
사랑하는 여인이여
어릴 적 친구들이여
이 괴로운 삶에서 벗어나는 안식에
감사하노라. 잘 있거라

내게 다정했던 나그네여
즐거움 함께했던 친구들이여
잘 있거라 내 사랑하는 아들이여
아, 죽음은 곧 안식이니....

"피가 끓어올라요."

다낭이 말했다. 라이언이 대답대신 이렇게 말하고 있었다.

"자, 이제 산티아고 요새가 있는 인트라무로스로 가요. 호세 리
잘이 사형선고를 받고 여기까지 끌려 온 곳이죠."

#38. 인트라무로스(성의 안쪽)의 호세 리잘 공원

호세 리잘이 갇혀있던 감옥이었으나 이제는 공원이 된 곳을 다

낭과 라이언이 걷는다. 꽃잎 몇 개가 푸른 잔디밭 위에 떨어져 있다. 아름다운 스페인 풍 돌 건물들이 옛 정취를 자아낸다.

"다낭, 인트라무로스는 필리핀을 300년간 통치했던 옛 스페인 정복자들과 스페인 피가 섞인 혼혈아들만 살 수 있었던 노른자위 땅이에요. 지금은 돈 여유가 좀 있는 사람들이 사는 곳이죠."
"영혼이 정화되는 느낌이에요. 라이언 이제 또 어디로 가죠?"

"여기서 조금 더 가면 바다가 나와요. 거기 호젓한 곳에 내 집이 있어요. 옆집은 필리핀 부통령의 관사에요. 갈까요?"

앞서 걷는 다낭, 라이언이 뒤 따른다.

#39. 뉴욕, 릴리의 사진 스튜디오

공장이 떠난 공간을 사진 스튜디오로 꾸몄다. 스튜디오로 들어서는 남자. 릴리가 반긴다.

"와, 멋진데요. 오늘 사진촬영 한다고 힘 좀 주셨나요?"
"글쎄. 잘 모르겠네. 사진 촬영 한다기에 응하긴 했지만...나 같은 방랑자가 이런 작업이 뭐에 필요한지도 모르겠고..."

"내가 스타로 만들어줄까 생각 중이에요."

"오우, 노우! 사양합니다. 나는 으슥하게, 어둑하게 사는 게 좋아요."

"그것도 너무 오래 그러면 재미없죠. 커피 하실래요? 아님 사진 촬영부터 하실래요?

남자가 망설인다.

"좋아요. 그럼 커피와 함께하는 장면부터 촬영을 하죠."

릴리가 카메라를 든다. 커피 잔을 앞에 놓고 포즈를 취하는 남자. 커피를 마시는 장면 등을 한동안 촬영한다.

"자, 커피가 있는 사진은 이쯤하구요. 이제부터는 얼굴 클로즈업으로 들어가 볼까요? 자, 카메라 정면으로 보세요. 날 잡아먹을 듯이 보세요. 오케이, 좋아요. 아, 멋있다. 그래요. 웃어요. 더, 더, 더! 오우 좋아요. 온 세상 여자들이 당신과 결혼하고 싶어질 것 같아요. 아 착해라."

릴리는 촬영을 계속한다. 나중엔 스튜디오를 벗어나 거리로 나가 뉴욕의 뒷골목 등에서 사진 촬영을 한다.

#40. 라이언의 집 앞 바닷가

라이언의 집 앞에 차가 선다. 다낭과 라이언이 내린다. 바로 옆 집은 필리핀 부통령의 관사다. 집 앞은 바닷가. 한적한 바닷가 파라솔에 앉는 두 사람.

"다낭, 조금만 기다리면 비행기가 올 거 에요."
"비행기?"

"저 바다 위에서 이착륙하는 비행기에요. 15분 정도 날아가면 내 섬이 있고 거기서 얘기 좀 해요."
"아... 얘기 해야죠. 그래요. 뭐... 좋아요."

"다낭, 나는 난관에 부딪히면 갈 길이 막히면 여기에 와요. 바다를 보면 바다가 대답을 해 주죠. 설령 아무런 대답을 안 해 줘도 그래도 좋이요. 그건 답이 없다는 답이니까요. 아, 비행기가 오네요."

수륙양용 경비행기가 바다 위에 내려앉는다. 라이언의 부하가 모터보트 시동을 건다. 다낭과 라이언이 모터보트를 타고 비행기로 갈아탄다. 이륙하는 비행기. 이윽고 하늘을 날아오른다. 날이 많이 흐렸다.

#41. 라이언의 별장

  사설 경호원들의 경비가 삼엄하다. 별장 안으로 라이언이 다낭을 안내한다. 벽에 큼직한 뚜앙 장군의 사진과 뚜앙의 부인이자 라이언의 어머니 사진이 걸려 있다. 그 아래 테이블 위에 여러 장의 사진들이 크고 작은 액자 속에 넣어져 장식돼 있다.

  "누구죠? 라이언의 부모님들?"

  "맞아요. 아버지는 월맹군의 장군이셨죠. 남베트남의 민족해방전선을 지휘했죠. 어머니는 시인이셨어요. 17세기 베트남의 대표 여류시인 호쑤언흐엉(湖春香)을 좋아하셨죠. 그래서 그 분의 이름을 어머니는 필명으로 사용하셨어요. 다낭과 호치민 사이에 달랏이 있죠? 베트남에서 가장 아름다운 곳의 하나죠. 그곳의 호수 이름도 호쑤언흐엉이에요."

  "달랏? 가보고 싶군요."

  "어머니의 고향이기도 하죠."

  "아, 그렇군요. 너무나 아름다운 분이세요."

  "아, 그리고 다낭, 리차드는 건강해요. 리차드의 부인도, 리차드의 아이들도 다 건강해요. 앞으로도 그럴 거 예요. 원래 우리 조직은 배신하면 돈도 회수하고, 재산몰수에 목숨을 이자로 받는데 이젠 그만 둬야 할까 봐요. 더 이상 피를 묻히면 안 될 것 같네요. 리차드가 훔쳐 간 돈만 회수했어요, 다낭의 어머니와 내 어머니의 뜻이라고 다낭이 말해 줘서 용서를 한 거 에요."

"오, 잘 됐어요. 라이언?"
"네?"

두 눈을 빛내며 다낭이 말한다.

"고마워요."
"고마워요. 사람을 죽여만 봤는데 사람을 살린다는 게 이런 기분이었군요."

다낭이 작은 액자 속 사진을 들여다보다가 그만 흠칫 놀란다.

"다낭 뭘 보고 놀라요?"
"아니 이 사진이 왜 여기 있죠?"

작은 액자 속 사진에는 뚜앙이 다낭의 어머니 후에의 젊은 날의 어깨를 껴안은 채 그리고 호쑤엉흐엉이 곁에 함께 있다.

"이 사진은 처음 아버지를 찾은 다음 아버지 집에 갔다가 달래 갖고 온 사진이에요. 다낭 왜 그래요?"
"라이언. 이 분은 뚜앙 장군님, 라이언 아버지. 이분은 호쑤언흐엉, 라이언 어머니, 그리고 이 분은 후에!"

"후에?"

"그래요. 나의 어머니에요, 오... 어쩜 이럴 수가.."

고개를 젓는 다낭. 다시 라이언에게 묻는다.

"라이언 정말 몰랐어요?"

"뭘요? 난 이 사진 속 아버지의 젊은 날 모습이 좋았을 뿐이에요. 물론 아버지가 어머니가 아닌 다른 분의 어깨를 안고 계셔서 이상하다는 생각은 했었지만..."

어지러운 듯, 혼란스러운 듯 잠시 비틀거리며 이마를 짚고 몸을 가누는 다낭.

"라이언, 나의 어머니 후에 님이 얘기하던 첫 사랑 남자가 바로 뚜앙 장군님이셨군요. 그리고 어머니의 가장 친한 여자 친구가 라이언의 어머니셨어요. 아, 어떻게 이럴 수가 있죠? 그러다 뚜앙 장군님이 라이언의 어머니와 결혼을 하신 거 에요."

"오, 나도 믿을 수가 없군요. 이 분이 다낭의 어머니라니..."

다낭이 털썩 의자에 주저앉는다. 라이언이 조심스레 그리고 걱정스레 바라본다.

#42. 밤바다 해변

다낭과 라이언이 모닥불을 사이에 두고 앉아 있다. 파도 소리가 들려오지만 다낭은 전혀 다른 세상에 와 있는 듯 무관한 느낌이다. 라이언이 와인을 한잔 준다. 타오르는 모닥불 불빛을 받은 다낭의 얼굴이 미동도 않는다. 하지만 라이언의 잔을 받아 든다.

라이언이 말한다.

"내가 공연히 여길 오자고 한 것 같네요."

물끄러미 라이언을 보는 다낭. 라이언이 목이 마른 듯 잠자코 와인을 마신다. 바닷가를 이따금 훑듯이 비추는 경비 서치라이트의 불빛이 밤바다의 어둠을 내 쫓곤 한다.

라이언이 다낭의 어깨를 감싼다. 다낭, 가만히 있다. 라이언이 다낭의 입술을 찾는다. 다낭은 무저항으로 가만히 있다. 하지만 금세 고개 돌려 입을 떼고 라이언을 밀쳐낸다.

"라이언. 이건 아닌 것 같아요. 우린 사랑할 수 없어요."
"... 왜죠?"

"모르겠어요. 라이언 우린 비즈니스로만 만나요. 하지만 좋은

103

친구가 될 거에요."

라이언, 잠시 고개를 푹 숙인다. 절망하는 분위기다. 하지만 이윽고 고개 들어 다낭을 위한 목소리로 말한다.

"알았어요. 다낭. 아직 내 외로움이 끝날 때가 아닌가 보네요."
"라이언. 랭보라는 시인이 그랬죠. 가장 좋은 건 취해서 해변에서 잠드는 것..."

"그래요. 가장 좋은 건 취해서 해변에서 둘이 잠드는 것이라고 했으면 더 좋았을 텐데 안타깝군요."
"라이언. 오늘밤은 혼자 취해서 해변에서 잠들 거 에요. 랭보처럼... 하지만 난 손님, 라이언은 날 초대했으니 호스트, 조금 멀리서 날 지켜 주겠죠?"

"아마 그럴 거 에요. 영원히 그럴 거 에요."
"라이언, 영원이란 말은 너무 무거워요. 숨이 막힐 것 같아요. 라이언 내게 와인을 주고 저만치 너무 가깝지도 않고 너무 멀지도 않게 또 하나의 모닥불과 함께 나를 지켜 주세요. 오늘밤 혼자만 있기엔 너무 삭막하고 둘이 있기엔 석연치가 않네요."

"알겠어요. 혼자인 듯 둘인 듯..."

라이언, 와인 병을 다낭에게 넘겨주고 일어선다. 멀어져 가는 라이언의 뒷모습을 보며 다낭이 중얼거린다.

"라이언은 아직 외로움에서 벗어날 때가 아닌 것 같다고 했는데 그렇다면 나는 아직 타오를 때가 아닌가?"

와인 병을 천천히 입술에 갖다 댄다. 이윽고 몸과 마음이 지친 듯 어느새 해변에 누워 잠든 다낭에게 라이언이 다가와 모포를 덮어준다. 그리고 조금 떨어진 곳에서 그 모습을 지켜 준다.

#43. 아침 해변

아침 해가 떠오르고 있다. 수평선이 붉게 거창하게 타오르고 있었다. 몸을 뒤척이는 다낭. 모닥불은 다 사위어 간다. 약간의 불꽃만이 타 오를 뿐이다. 다낭이 잠에서 깨어난다. 곁에 라이언이 묵묵히 앉아 자신을 지키고 있었다.

"어? 라이언! 안 잤어요?"
"이렇게 큰 보석을 누가 훔쳐 갈까봐 지킬 수밖에 없어요."

"라이언, 아침이에요. 나를 위해 뭘 준비했죠?"
"저기..."

라이언이 손으로 바다 가까이 마련 해 놓은 아침 식탁을 가리킨다. 거대한 식탁 위에 온갖 풍성한 음식과 과일이 가득 올라와 잇다.

"아침부터 무슨 파티를 하나요?"

"아뇨. 다낭을 위해서 준비했어요. 앞으로 이런 아침이 또 있을지 없을지 알 수 없어서 최후의 조찬처럼 준비한 거 에요. 호치민에서 비행기를 타고 MEKONG CA PHE 커피도 마닐라에 도착해 곧 비행기로 갖고 올 거에요."

"나는 참새처럼 먹을 텐데... 독수리인양 나의 아침을 준비했네."

라이언이 손을 내밀고 다낭이 그 손을 붙잡고 일어난다. 라이언이 다낭의 손에 생수를 부어준다. 다낭이 가볍게 세수한다. 라이언이 입고 있던 자신의 티셔츠를 벗어 건넨다. 잠시 망설이던 다낭이 그 티셔츠로 물기를 닦는다. 티셔츠를 돌려주며 다낭이 말한다.

"아우, 남자 냄새."

임시로 차려진 해변의 식탁에 앉는 다낭. 하얀 테이블보가 바람에 날린다. 이때 비행기가 날아와 바다 위에 내려앉았다. 대기

하고 있던 배로 호치민에서 공수 해 온 MEKONG CA PHE의 커피가 테이블, 의자와 함께 옮겨진다.

호치민 사이공 강변의 MEKONG CA PHE 남녀 직원 두 명이 MEKONG CA PHE 유니폼을 입고 직접 다낭과 라이언에게 서빙한다.

"고마워요. 모닝커피 한잔 때문에 너무 멀리 배달을 왔네요."

남자 직원이 답한다.

"아닙니다. 영광입니다. MECONG CA PHE의 대표 다낭님을 이렇게 직접 뵙고 커피 서빙까지 할 수 있게 해 주셔서 감사합니다."
"감사합니다. 커피를 준비할게요."

여직원도 같이 인사한다.

잠시 후, 아침 해변의 햇살을 받으며 다낭과 라이언이 커피를 마신다. 파도가 해변에서 하얗게 부서진다.

#44. 에티오피아 KAFFA

"어때 카파?"

"좋아. 정말 오길 잘 했어. 언젠가 오고 싶었지만 릴리 덕분에 이렇게 왔네."

"자연스럽게 내가 사진을 찍을 거야. 카파도 찍고, 그대도 찍고, 커피도 찍고 그리고 내일은 카파의 커피 농장엘 가서 구슬땀을 흘리자고. 커피 따는 알바를 하루만 하자. 그래서 녹초가 되면 밤에 커피를 마시자. 에티오피아 커피 세리머니는 보통 두 시간 걸려. 어때 좋아?"

"좋아. 그럼 일단 오늘은 자유시간이네."

두 사람은 빨간 체리를 따 먹은 염소들이 흥분하는 걸 보고 세상에서 가장 먼저 커피를 발견한 목동 칼디를 통해, 가장 먼저 커피를 마셨다는 에티오피아 카파의 거리를 쏘다닌다. 그런 가운데 릴리는 사진촬영에 몰두한다. 어느새 자연스럽게 포즈 취하는 남자. 카메라의 시선을 받아들이려 애쓴다.

#45. KAFFA의 커피 농장

릴리와 남자가 커피를 딴다. 땀방울이 흐른다. 하얀 커피 꽃 내음을 맡아보는 릴리. 커피 열매가 예쁘다. 릴리가 커피나무를 촬영한다.

"커피나무는 9미터까지 자라지만 대개 3미터 정도만 키워요. 그래야 수확하기가 편하니까."

"쯔쯔... 커피나무도 그러고 보면 불쌍하네. 자기가 갖고 태어난 키를 마음껏 못 자라니까 말이야."

남자가 안쓰러워한다.

"그대는 꿈이 없어서 편하시겠어요. 열 받을 일 없으니까..."

"완전 없다고 한 적은 없지."

"뭔데 꿈이."

"잃어버린 꿈도 꿈이니까. 그리고 새로운 꿈이 또 나타나니까."

"아무튼 복잡하셔."

"네, 이 몸이 좀 그렇죠. 그나저나 난 여기 파카에서 커피 따는 농부로 한 1년만 살고 싶네."

"어머 굿 아이디어. 내가 권하고 싶었는데."

"사실 난 온 세상 커피를 다 마셔보고 싶어. 아무 커피나 말고 정말 영혼의 커피를 말이야. 나라마다 농장마다 커피 맛이 다를 테니까."

"대지라는 어머니의 품이 워낙 넓으니까. 그 품에서 태어난 새
끼들의 커피 맛도 자연히 다 다르겠지. 한 그루 커피나무의 이쪽
가지 저쪽 가지 커피 열매 맛도 다 다른 법이니까."

릴리가 또 카메라를 들고 사진을 찍는다.

"그나저나 아가씨."
"왜?"

"농장 주인이 보면 커피 따다 말고 너무 농땡이 친다고 그럴 것
같은데?"
"그렇지. 하지만 촬영 안 할 때는 누구보다 열심히 커피 체리
따잖아. 정 내 태도가 마음에 안 들면 오늘 알바 비 일당을 깎으
라고 해야지."

"알바 비가 얼만데?"
"1달러."

"하루 종일에?"
"그렇지. 하루 종일. 일 년 내내 커피를 따면 365달러."

"갑자기 도시에서 커피 마시던 게 미안 해 지네. 누군가에게는 커피가 고통이네."

"너무 그러지 마. 대신 여기는 물가가 싸고 돈 대신 정으로 살잖아."

"맞아. 이기주의와 바꾼 친구, 개인주의와 바꾼 사랑이 우리들의 생존방식이었을 거야. 그로인해 버려진 것들이 여긴 살아 숨쉬고 있고, 그래도 마음은 불편해."

#46. 뉴욕 MEKONG CA PHE 고문 잭슨 사무실

잭슨이 MEKONG CA PHE 고문실로 들어서는 다낭을 일어나 반긴다.

"잭슨 아저씨, 다녀왔어요."
"수고 많았어. 다낭 더 아름다워졌네."

"고마워요. 잭슨 아저씨. 사실 고문님이라고 해야 되는데 여전히 어색하네요."
"아냐. 공식적인 자리가 아니면 그냥 아저씨가 좋아. 난 에반 윌리암스 장군님, 다낭의 아버님 곁을 1975년 4월 30일 까지 지켰고, 또 다낭의 어머니 곁을 지켰지. 그리고 이젠 이렇게 다낭의

사업까지 돕고 있으니 행복해. 암 그렇고말고. 다만 부모님들께서
도 좋아하셨으면 해.”

“그럼요. 아버님은 당연히 그러실 거고요. 그리고 어머님도 늘
한결같이 잭슨 아저씨께 감사해 하고 계세요.”
“다낭 그런데 문제가 생겼어.”

“문제요? 뭐죠?”
“브라질에 서리가 내려서 커피 작황이 너무 안 좋은 건 다낭도
이미 알겠지만 커피 체리 값이 너무 빨리 많이 상승중이야.”

“아, 저도 걱정하고 있어요.”
“이런 상황은 매점매석 사재기하는 투기꾼들이 만들어낸 건데
지금이 평소보다 세배 시세, 하지만 앞으로 다섯 배 여섯 배까지
커피 체리 값이 오를 것 같아,”

“돈이 다가 아닌데...”
“그들에게는 돈이 알파와 오메가, 모든 것이지.”

“알겠어요. 몇 사람 그들을 만나 볼게요.”

#47. 다낭의 뉴욕 MEKONG CA PHE 대표실

테이블에서 결재서류 등을 보던 다낭이 문득 릴리에게 전화한다. 릴리는 커피 체리 따기 하루 일을 마치고 농장의 일꾼들과 함께 파티를 벌이는 중이다. 모닥불이 피어나고 있고 빙글빙글 돌며 춤추는 사람들. 전화기가 울리자 남자에게 살짝 눈짓하며 대열에서 빠져 나온 릴리가 전화를 받는다.

"아, 엄마. 잘 다녀왔어요?"
"넌 꼭 엄마가 전화해야만 받니? 먼저 좀 해봐라."

"무소식이 희소식이래."
"누가?"

"얼마 전에 만난 남자가 한국남잔데 한국 속담이래."
"됐고. 너 어디야?"

"카파. 에티오피아."
"아, 그렇지 네가 매년 가는 알바지. 재밌니?"

"너무 좋아요. 커피의 고향답게... 어머, 잠깐만 영상통화해요."

릴리가 춤추고 노래하는 일꾼들을 보여준다.

"엄마. 그리고 내 남자를 소개할게요."

릴리가 남자에게 손짓한다. 남자가 다가온다. 전화를 건넨다.

"인사드려요. 우리 엄마에요."
"안녕하세요? 말씀 많이 들었습니다."

"릴리가 무슨 얘길 해요?"
"릴리는 지구상에 자기보다 예쁜 여자가 딱 한 사람 있는데 그분이 어머님이라고 말했습니다."

"호호... 릴리는 어린 시절부터 거짓말을 못해요."
"네, 전화영상이지만 정말 맞는 말 같습니다."

"그래서 앞으로 어떡할 거 에요?"
"아디스아바바엘 갔다가 릴리가 태국으로 가야 한답니다."

"오케이. 무슨 뜻인지 알 것 같네요. 그나저나 아디스아바바가 무슨 말인지는 알아요?"
"아, 모릅니다."

"새로운 꽃, 어때요? 릴리가 새로운 꽃?"
"난생처음 보는 꽃입니다."

"말을 가능한 한 예쁘게 하네요. 좋아요. 그럼 태국에서 봐요."
"네?"

"릴리에게 전해요. 태국에서 보자고요. 그럼 알거에요."
"네. 알겠습니다. 감사합니다."

"뭐가 감사해요?"
"릴리처럼 예쁜 사람을 만날 수 있는 영광을 주셔서요."

"오케이. 약간 느끼하긴 하지만 뭐, 좋아요. 바이."

#48. 에티오피아 KAFFA, 커피 농장의 아침

커피 농장주인 부부에게 떠나는 인사를 하는 릴리와 남자. 커피 농장 주인이 시갑에서 2달러를 꺼내 각자에 1달러씩 건넨다.

"수고했어요. 릴리는 내년에 또 오겠지?"
"그럼요."

남자가 끼어든다.

"내년엔 셋이서 올 것 같습니다."

"셋이서?"

"네, 릴리와 제가 결혼을 하면 예쁜 아기랑 같이 올 것 같아서요."

웃음이 폭발한 릴리.

"와, 정말 웃겨! 좋아. 성공했네. 이 사람아."
"김칫국부터 마시지 마. 아직은 상상이니까 프러포즈 아직 안했다!?"

"하하하... 아무튼 웃겨!"

크게 웃는 릴리. 커피 농장 주인부부도 웃는다. 떠나가는 두 사람을 손 흔들어 전송하는 농장의 일꾼들.

#49. 에티오피아 아디스아바바의 릴리와 남자

아디스아바바를 쏘다니는 두 사람, 정답다. 황제 Menelik 2세의 이름을 딴 중심광장에 말을 탄 황제의 동상이 금세라도 하늘로 치솟을 것만 같다. 황제의 동상 근처에 이름 모를 꽃 몇 송이가 떨어져 있다. 릴리가 그 꽃송이들 중에 하나를 주워 자신의 머리 위에 꽂는다. 해발 2,500미터에 위치한 도시답게 구름과 산들로 둘러싸여있다.

두 사람은 재래시장 메르카토(Mercato)에도 들른다. 직접 재봉틀을 돌리며 핸드메이드로 스카프, 옷, 테이블보 등을 만드는 사람들이 일에 열중하고 있다. 남자가 스카프를 사서 릴리에게 선물한다. 싱싱한 열대과일들과 도로를 따라 양쪽으로 늘어서있는 상점들 그리고 도로 위에 당나귀와 차량이 공존하며 저 마다 제 갈 길을 가고 있다.

#50. 에티오피아 아디스아바바의 카페 토모토

두 사람은 '카요드 아비시니아 레스토랑'에서 식사를 하며 에티오피아 원주민들, 여러 부족의 춤과 노래를 감상한다. 이어서 카페 '토모카'에서 커피의 귀부인으로 불리는 예가체프 커피를 마신다.

"릴리, 세상에서 가장 맛있는 커피 중에 하나가 한국에서의 고속도로 휴게소 커피야. 서울에 있을 때 비가 많이 오면 차를 갖고 부산도 가고 강릉도 가고 목포도 가고 그랬지. 그때 가다보면 고속도로 휴게소의 자동판매기 커피가 있어. 동전 몇 개를 넣으면 종이컵에 커피가 나오지. 블랙커피도 있고 밀크커피도 있어. 난 주로 블랙커피 마셨지만 아무튼 사람 뜸한 고속도로 휴게소의 뽀

얀 비안개 속에서 종이 커피 홀짝거리는 기분은 정말 일품이지."

"그거 못해봤어. 한국가면 꼭 해 봐야겠다."

"그리고 7번 국도라고 있어. 거길 가자. 동해안 도로인데 474킬로미터, 시작은 휴전선이 있는 고성에서부터 부산까지 달려 보자고."

"너무 좋을 것 같아요"

#51. New York Bank 은행장실

다낭이 잭슨과 함께 뉴욕 은행장실로 들어선다. 제임스 사장이 일어나 소파로 안내한다. 제임스 사장이 말한다.

"어디서 많이 뵙던 분 같군요. 다낭, 이름도 익숙하고요."

"저 역시 제임스 은행장님의 이름을 익히 알고 있었죠. 얼마 전 비즈니스 위크에 실린 인터뷰 기사도 잘 봤습니다. 하지만 어디서 많이 볼 리는 없는 것 같은데요."

"컬럼비아 대학에서 봤죠. 그때 난 하버드 수석 졸업생이었고 컬럼비아 대학 수석 졸업생 다낭이란 여학생을 만나러 갔고요."

"그랬나요? 옛 얘기를 들으러 온 건 아닌데요."

"따님은 이제 유망 사진작가로 잘 성장하고 있죠?"

"많은 것을 알고 있군요. 관심은 고맙지만 거둬 주길 바랍니다."

제임스가 의아해하는 잭슨을 바라보며 말한다.

"잭슨씨. 우리 둘은, 아니 젊은 날의 제임스와 다낭은 그렇게 만났어요. 어느 잡지 그래요, MORE의 기획기사였었죠. 난 그 후 결혼을 했고 다낭은 커피와 결혼했고 누군가의 아이를 낳았죠."

잭슨이 조심스럽게 묻는다.

"그 누군가가 누구지? 제임스 당신이란 말인가?"
"아마도... 네, 그럴 겁니다."

제임스가 다시 다낭을 향한다.

"미안해요. 자, 이제 오늘 당신이 날 찾아 온 얘길 합시다."
"커피 값이 지나치게 올랐어요."

"오, 그거 듣던 중 반가운 소리."
"이대로 가면 스타 벅스도 위험할 수 있어요."

"스타 벅스는 다낭의 경쟁사 아닌가요?"
"제임스 이쯤에서 그쳐야 해요. 매점매석으로 이미 큰돈을 벌었으면 멈출 줄도 알아야 해요."

"이봐요. 다낭, 내가 안 벌고 우리가 안 벌면 다른 사람이, 다른 조직이 그 돈을 갖고 가는 거 에요. 내가 왜 양보해야죠? 이건 미식축구 같은 거 에요. 정해진 룰 안에서 공을 선점하듯이 돈을 선점하는 거죠. 다낭, 난 가난이라면 이가 갈려요. 난 돈을 버는 게 아니에요. 다만 가난을 점령할 뿐이에요."

제임스는 쉴 틈 없이 계속 말한다.

"초라한 것들을 밝게 바꾸고 쪼로록 거리는 배고픈 소리 대신에 위대한 모차르트의 교향곡을 듣는 거 에요."

다낭이 답한다.

"알아요. 하지만 적당히 해야 돼요. 제임스. 그리고 가난한 사람들은 가난하지 않아요. 현재 가난한 사람들은 현재 인류가 인간이었던 시절의 마음을 갖고 있어요. 이제 당신도 인간임을 증명해야 해요. 당신의 그 셀 수 없이 수많은 돈으로 말이에요."

"무슨 얘길 하고 싶은 거지? 다낭?"

"제임스 가난한 사람들도 커피를 많이 마셔요. 그 사람들은 고단한 일을 매일매일 해 내면서 잠시 인간이 되기 위해 커피를 마시는 거 에요. 그래서 커피의 영혼은 불멸의 자유인 거 에요. 난

솔직히 경제 동물들의 경제 전쟁이라는 이 지옥이 너무 싫어요,
끝장내고 싶어요."

잠시 울컥하는 다낭. 다시 말을 잇는다.

"제임스 세상에서 가장 불쌍한 사람이 누군지 알아요?"
"설마 나는 아니겠지."

"세상에서 가장 불쌍한 사람은 사랑을 눈앞에 두고서도 사랑을
몰라보는 것 그래서 사랑을 알지도, 만나지도, 느끼지도 못한 채 죽
어가는 사람이에요. 이런 사람을 풀잎의 시인 월트 휘트먼은 지상
에는 2미터가 안 되는 관들이 너무 많이 걸어 다닌다고 했어요."

제임스가 말문을 연다.

"다낭, 좋아요. 하고 싶은 얘길 좀 해 봐요."
"이미 했죠. 커피 값을 더 이상 올리지 마세요. 아니 원래대로
돌려놓으세요. 만약 내 말을 듣지 않으면 내가 갖고 있는 비축 커
피 모두를 커피 시장에 다 풀 거 에요. 잭슨 고문님. 우리의 비축
커피가 얼마나 되죠?"

"지금 당장 커피 시장의 안정을 위해 내 놓을 수 있는 커피가,
브라질의 커피 감소 분 이상이 될 수 있지."

"좋아요. 자, 제임스 어떡할래요?"

"다낭, 예전엔 날 버리더니 오늘은 날 곤란하게 하는 군. 하지만 당신 말이 옳아."
"제임스, 베트남 전쟁 때 미군의 포탄이 떨어진 자리엔 커다란 구덩이가 파였어요. 베트남 사람들은 거기에 돼지우리를 만들고, 거기에 '겸손한 사랑'이라는 꽃말의 히야신스를 심었어요."

잭슨이 거든다.

"제임스, 다낭은 미국군, 한국군이 쏟아 부은 고엽제로 인해 사라진 정글에 커피나무를 심고 있어. 더군다나 그때 그 군인들은 고엽제를 살포하면서 그것이 고엽제인 줄도 몰랐어. 심지어 오렌지 색깔이 예쁘다고 일부러 자청해서 고엽제 살포 작업을 하는 군인들도 있었지. 아무튼 이제 올 가을이 첫 수확이네. 자네를 그때 초대하고 싶군."

잠시 생각에 잠기는 제임스 한. 이윽고 고개를 들고 확신에 찬 어조로 말한다.

"알겠습니다. 감사합니다. 잭슨 씨, 그리고 다낭 알겠어. 커피 시장이 안정되도록 충분한 량을 공급할거야. 지금 당장. 하지만 다낭, 대신 부탁이 하나 있어."

"뭐죠?"

제임스가 책상 서랍에서 고풍스런 낡은 카메라를 꺼낸다.

"릴리를 위해서 구했어. 지난 번 릴리의 뉴욕 사진전 때 우연히 NBC TV를 보는데 릴리가 인터뷰에서 이 카메라, 1923년도 산 라이카 O시리즈 희귀모델을 갖고 싶다고 했어. 그래서 아주 아주 어렵게 구하고 싶었는데 돈이면 다 되니까 너무 쉽게 구했어. 그래서 부자들의 인생은 화려하긴 한데 땀과 눈물이 빠졌으니까 좀 싱겁지. 하지만 우린 피를 바쳐야 하지. 아무튼 릴리에게 전해 줘. 그리고 이런 말 할 자격이 있는지는 모르겠지만 아빠가 사랑한다고 전해주길 바래. 다낭 고마워. 난 지금 빛을 만난 기분이야. 돈으로 지어 진 어둠의 터널과 지옥에서 빠져 나온 기분이야. 그 동안 난 돈이란 안경을 쓰고 있었던 것 같아. 아마 이 안경을 쉽사리 벗진 못하겠지만 서서히 벗어봐야 겠지. 댕큐, 다낭."

다낭이 제임스에게 악수를 청한다.

#52. 뉴욕 거리

카메라를 메고 다낭이 잭슨과 함께 걸으며 얘기한다.

"잭슨 아저씨. 우리 잠시 걸어요."
"좋지."

"잭슨 아저씨. 우리에게 그렇게 비축 커피가 있었나요?"
"어딘가에 있겠지. 희망이란 커피가, 사랑이란 커피가, 꿈이라
는 커피가."

"호호... 맞아요. 있기야 있지만 브라질 커피 감소량 만큼은 없
죠. 하지만 대신 희망, 사랑, 꿈의 커피가 있었네요."
"제임스도 알고 있었을 거야."

"고마워요. 잭슨 아저씨."

잭슨이 고개를 끄덕이며 이내 좀 더 진지한 표정이 되어 다낭
에게 묻는다.

"그런데 제임스와 왜 헤어졌지?"

질문을 받은 다낭의 얼굴이 어두워진다.

"아, 미안 내가 괜히 물어봤군."

잠시 생각하던 다낭이 잭슨에게 답한다.

"처음 만난 우리 둘은 얼마 안가 결혼하기로 약속했었죠. 제임스 한이 코리안 아메리칸, 제가 베트남 아메리칸이었기에 뭔가 잘 통할 수 있겠다 맹목적으로 그런 생각을 했던 것 같아요. 그런데 사귀다 보니 제임스가 마마보이 성향이 강했어요. 그게 좀 마음에 걸리긴 했지만 그냥 귀엽게 봐 줬죠. 그러다 제가 임신을 했어요. 저는 제 임신을 기쁘게 해 주려고 발렌타인데이에 알리려고 했어요. 하지만 그 며칠 전 제임스는 술에 취해 이성을 잃고 거부하는 저를 범했어요. 그리고 저항하는 저를 때리기 까지 했어요. 그리고 곧장 다른 여자와 바람을 피웠죠. 그걸로 모든 게 끝이 났죠. 릴리에게도 이 얘기는 못했어요. 릴리는 아직도 아빠가 누군지 몰라요."

#53. 태국 치앙마이, 코끼리 커피 농장

코끼리에게 커피콩을 먹이는 관리인. 코끼리 배설물에서 소화되지 않은 코끼리 커피콩을 골라내는 일꾼 등의 사진 촬영을 마치고 코끼리 커피를 마시던 릴리가 남자에게 묻는다.

"그대는 이 커피 한잔에 50달러를 어떻게 생각해?"
"코끼리 커피니까 불만을 가질 수는 없을 것 같아."

"맞아. 코끼리 커피 만드는 과정에 학대는 없으니까 이게 잘하는 짓이다 못하는 짓이다, 이런 얘기하기가 어려운 것 같아."

"하지만 관광객을 태우고 다니는 투어 라이딩 코끼리들은 허리 디스크에 걸린다는데?"

릴리가 다시 말한다.

"점차 줄어들길 바라지만 여전히 코끼리 등에 올라타는 관광객들이 너무 많지. 내일은 코끼리 파잔 의식 치루는 곳을 가게 될 거야. 몰래 촬영을 하려고 해."
"파잔 의식이 뭐지?"

"코끼리를 길들이는 의식이래. 아기 코끼리 훈련소 같은 곳, 나도 처음 가 봐."
"자, 코끼리 NO RIDING을 위하여! 짠!"

커피 잔을 부딪는 두 사람.

#54. 치앙마이의 코끼리 파잔 의식

아기 코끼리를 꼼짝 못하게 작은 통나무 우리에 가두고 사방에서 날카로운 창 끝으로 찔러 댄다. 아파서 비명을 지르는 코끼리. 이를 멀리서 망원렌즈로 몰래 촬영하는 릴리.

커다란 서커스 공을 굴리도록 훈련 당하는 코끼리. 코끼리의 발목과 몸통을 굵은 밧줄로 묶고 앞뒤로 잔인하게 잡아당겨 고통 당하는 코끼리, 훈련이라는 이름의 이 코끼리에 대한 잔인한 고문은 코끼리를 인간에게 무조건 복종시키기 위해 코끼리의 혼과 기를 빼앗기 위함이다. 릴리, 촬영을 하며 눈물을 흘린다. 곁에서 지켜보는 남자의 착잡한 표정. 릴리, 더 이상 촬영을 할 수 없다는 듯 카메라를 거둔다.

"미안해. 미안해. 미안해. 미안해. 미안해, 미안해. 잘못했어. 미안해. 미안해. 미안해. 미안해..."

코끼리에게 지속적으로 미안해를 연발하는 릴리. 그런 릴리를 남자가 감싸 안는다. 이때 전화벨이 울린다. 릴리가 전화를 받는다. 다낭의 목소리가 들려 온다.

"릴리, 어디야?"
"엄마 나 코끼리 훈련소에 있어. 파잔 고문소에 있어. 엄마는? 엄마 빨리 저 코끼리를 구해 줘. 엄마..."

"알았다. 곧 갈게."

#55. 치앙마이의 다낭과 코끼리 훈련소 책임자

"준비됐죠? 코끼리 한 마리를 데리고 갈 거 에요."
"10만 달러입니다."

다낭, 백에서 수표를 꺼낸다. 수표에 사인을 하고 건넨다. 수표를 받은 훈련소 책임자가 무표정하게 앞장서서 코끼리 훈련장으로 간다. 뒤 따르는 다낭. 코끼리의 비명이 들려온다.

#56. 코끼리 훈련소

훈련소 책임자가 코끼리에게 파잔 의식을 가하는 직원에게 그만 멈추라고 소리친다.

"능, 그만해. 코끼리가 팔렸다. 어서 보호센터로 옮길 준비를 해."

그제 서야 행동을 멈추는 직원. 다낭의 곁으로 릴리와 남자가 나타난다.

"엄마!"
"릴리..."

"안녕하세요?"

남자가 다낭에게 인사한다. 가볍게 손을 들어 남자에게 답례하는 다낭. 릴리를 안으며 말해 준다.

"이제 괜찮아질 거야. 저 아기 코끼리와 함께 생추어리 코끼리 보호센터로 가자. 저 한 마리 코끼리를 구한다고 해서 파잔 고문이 사라지진 않겠지만 언젠가는 코끼리를 구하는 속도가 더 빨라질 거야."

고개를 끄덕이는 릴리.

#57. 치앙마이 생추어리 코끼리 보호센터

학대받던 그리고 나이 들어 버림받은 코끼리를 돌보는 코끼리 보호센터. 사람들로부터 상처 받은 코끼리들이, 사람에 의해 통나무를 나르는 노역과 채찍을 맞으며 서커스의 쇼 단에서 동물 노예로 고통스럽게 생존해 나가던, 그리고 파잔 의식에서 풀려난 코끼리들이, 평화롭게 거닐거나 노닐고 있다.

관광객들을 태우고 다니던 라이딩 코끼리들도 이곳에서만큼은 생의 마지막을 고통 없이 보내고 있다. 이들 코끼리 중에는 다행히 운 좋게도 이곳에서 태어난 아기 코끼리들도 더러 있다.

다낭에 의해 구출된 아기 코끼리에게 바나나를 주는 릴리. 코끼리와 함께 기념 사진을 찍는다. 사진을 찍어주며 다낭이 외친다.

"해피 버스데이 투 릴리!"
"땡큐, 맘."

남자가 어리둥절한 채 물어본다.

"해피 버스데이 투 릴리? 오늘 생일인가 봐."
"오우, 예스. 마이 버스데이."

"왜 얘길 안했지? 선물을 준비했어야 했는데."
"애인도 아닌데 내가 뭐 하러 얘기 해?"

"난 애인인 줄 알았거든. 아무튼 이따가 긴급 생일파티를 해야겠다. 미안해. 미리 챙겼어야 했는데."
"자상한 척, 사랑하는 척 괜시리 바쁘고 피곤하시겠어요."

"그런 점이 없지 않아... 아니 농담. 하하..."
"괜찮아요. 난 이미 생일선물 받았어요. 오늘 우리 엄마가 아기 코끼리를 여기 보호센터에 풀어 준 게 내 생일 선물이에요."

다낭이 말을 받는다.

"맞아. 매년 릴리의 생일날마다 아기 코끼리 한 마리씩을 구출해 줬지."

남자가 궁금한 듯 묻는다.

"그럼 지금까지 모두 몇 마리나?"

릴리가 나선다.

"쉿, 비밀. 그럼 내 나이가 나오는데?"
"하긴 여자와 예술가에게는 나이가 없다. 피카소가 그랬지."

다낭이 말한다.

"여자와 예술가에게는 나이가 없다? 그 말 어디서 많이 듣던 말인데..."

#58. 치앙마이 샹그릴라 호텔 바의 다낭, 릴리, 남자

다낭이 릴리에게 말한다.

"릴리. 앞으로의 계획은? 어떻게 돼가?"
"일단 엄마와 같이 뉴욕으로 돌아가야겠죠? 그리고 릴리의 개인 사진전을 준비해야죠."

"사진전 테마는?"
"코끼리 이야기, 커피 이야기가 될 거에요."

"두 가지 이야기가 서로 보완이 되겠다. 코끼리만 있으면 테마는 좋지만 단순하다고 오해 될 수 있고, 커피로만 가도 누구나 이미 다 알고 있다고 생각돼서 외면 받을 수 있는데, 코끼리도 있고 커피도 있고 괜찮아."
"그리고 이 남자 사진도 걸릴 거 에요."

릴리가 손으로 남자를 가리킨다.

"이 남자? 그래?"
"네, 릴리가 제 사진을 네브래스카에서 뉴욕까지 오는 자동차 여행 중에 촬영을 했어요. 뉴욕에서도 그리고 에티오피아 여기 치앙마이에서도 아무튼 저도 코끼리, 커피와 함께 숟가락 하나

없은 셈이죠."

릴리가 그 말에 반발한다.

"숟가락 하나 정도가 아냐. 당당한 삼각 축의 하나지. 커피! 코
끼리! 그대! 자, 이쯤 되면 그대의 이름을 밝히는 게 좋지 않을까
요?"
"나도 그래야 할 것 같아. 사실 난 베트남 자주 독립의 영웅 호
치민 주석처럼, 호치민 주석은 생전에 160개 이름을 사용했지. 글
쓸 때 필명, 도피 생활 할 때의 가명 등등해서... 나는 살면서 지루
해지면 그때그때 이름을 몇 개 써 왔는데 오늘부터는 칸트라고
불러 줘. 릴리."

"칸트?"

나낭이 말을 받는다.

"칸트라면 독일 철학자?"
"네, 제가 원래 칸트를 좋아합니다. 저는 예전부터 세상에 평화
가 오려면 지구촌 80억 명 지구인 모두가 저 마다 하나의 국가가
돼야 한다고 생각했어요. 그래야 진짜 개인의 자유와 독립이 아
닐까 싶어요. 너무 꿈같아서 실현하기 거의 불가능한 얘기라 생
각하겠지만요."

다낭이 묻는다.

"왜 그런 생각을 했지?"

"그렇게 되면 사람과 사람 사이는 이제 모두가 대등하고 동등한 외교관계가 되는 거죠. 갑과 을이 완전 사라질 수 있는 유일한 방법 같아요."

"재밌다."

다낭의 반응에 힘을 받은 칸트가 말을 잇는다.

"그런데 임마누엘 칸트를 읽다보니까 임마누엘 칸트도 그런 생각을 이미 했어요. 사람은 저마다 인간이 알 수 없는 초월적인 존재, 신이라고 해도 좋고요. 아무튼 그 신성으로부터 선한 의지를 공급 받는다는 거죠. 그래서 그 선한 의지로 점철된 완벽한 평화 인생의 세상을 살기 위해서는 인간 개개인 누구나 선한 입법을 자신의 삶 속에 스스로 제정해서 살아가야 한다는 거죠. 그걸 기반으로 해서 지구엔 영원한 평화가 오게 되고요. 칸트의 정언명령, 그 사상과 사랑이 국제 연맹을 만들었고 지금의 UN이 된 거죠."

릴리가 말을 받는다.

"흠... 좋아. 칸트란 이름을 써도 되겠다. 그런 사연이 있다면..."
"나도 좋아요. 칸트!"

다냥도 호응한다. 릴리가 대화를 정리한다.

"좋아 이렇게 되면 '코끼리, 커피, 칸트' 이렇게 사진전의 소재가 정리되겠다."

다냥이 릴리에게 묻는다.

"릴리 그런데 커피 사진을 촬영하면서 뭘 느꼈어?"
"엄마. 커피는 위대한 침묵이에요. 제가 생각할 때 커피는 뷰티풀 브라운 아이즈 같아요. 커피는 이 세상의 모든 사랑을 지켜봤으니까요."

"오우, 정말 그렇구나. 멋진 생각이네. 그 말이야말로 위내한 릴리의 아름다운 발견이네. 역시 우리 딸이야. 호호..."

릴리가 칸트에게 묻는다.

"칸트 선생님은 어떻게 생각하세요?"
"너무 좋아. 많은 생각을 하게 하네요. 코끼리, 커피, 칸트,"

다낭이 말한다.

"자, 그럼 사진전은 그렇게 정리가 돼가고 있고 이제 우리 모두
비행기를 타러 가야지?"

칸트가 답한다.

"네, 저는 서울로 돌아가서 릴리의 서울에서의 사진전을 준비
할 생각입니다."
"어머 나한테는 말도 안하고?"

"지금 하잖아."
"고마워."

"그래. 그럼 릴리는 나와 같이 뉴욕으로 칸트는 서울로. 오케이.
머잖아 서울에서 다시 보겠네. 릴리는 물론이고 나도 갈 일이 생
겼으니까. MEKONG CA PHE를 서울에서 곧 오픈하게 될 거야."

#59. 뉴욕, 다낭의 펜트하우스

릴리, 식탁에서 편안한 차림으로 앉아 모닝커피를 한 모금 마
시고 커피 잔을 향해 물어 본다.

"커피야. 넌 어디서 왔니?"

잠시 대답을 기다리다 다시 말을 건넨다.

"미안해. 난 이미 알고 있지. 넌 베트남에서 왔지? 부온마투옷
에서 왔지? 호호... 너의 이름은 MEKONG CA PHE의 아메리카
노."
"릴리, 일찍 일어났네? 그런데 뭘 혼자서 중얼거려?"

"엄마 닮았나봐. 난 아무리 피곤해도 일찍 일어나게 돼. 그리고
커피와 얘기 좀 했어. 호호..."
"일찍 일어나는 건 좋은 거지. 니 몸과 마음이 세상이 궁금한가
보다."

"어머, 그럴 수도 있겠다. 내 잠재의식 속에 세상이 궁금하다고
뭔가가 꿈틀꿈틀. 호호..."
"릴리 나도 커피 한잔 줄래?"

"네, 알겠습니다. 위대한 커피의 여왕님."
"어머 내가 무슨 커피의 여왕이야? 스타벅스의 슐츠 회장이 커
피 왕이지. 난 아직 멀었어."

릴리 주방에서 커피를 내린다. 커피를 갖고 온다. 릴리와 다낭

이 마주 앉는다. 릴리가 다낭을 진지하게 바라본다.

"왜 그렇게 봐? 부지런쟁이."
"엄마를 봐. 엄마의 눈동자, 엄마의 마음, 엄마의 얼굴, 엄마라는 소설을 읽는 거지. 그러다 엄마 속에 있는 엄마의 엄마, 후에 할머니를 만나러 가는 거지."

"오우, 그만. 그러다 천지창조 아니면 빅뱅까지 거슬러 올라가겠다."
"사실은 한없이 거기 까지 가고 싶었는데... 자, 좋아. 일단 엄마 이걸 받아주세요."

예금통장을 내미는 릴리, 다낭이 받아서 펼쳐보고 의아한 듯 묻는다.

"이게 뭐지?"
"예금통장."

"2달러?"
"음, 2달러."

"이걸 어쩌라고?"
"엄마 그 돈은 에티오피아 카파에서 칸트와 내가 커피 농장에서 하루 종일 일하고 받은 알바비야."

"그래서?"

"엄마 그 돈으로 재단을 만들자. 그건 씨앗이야. 5천년을 사는 바오밥 나무도 작은 하나의 씨앗이 시작이잖아. 난 이번 모든 전시회의 수익금을 모두 재단에 기부할 게. 엄마도 잭슨 아저씨도 필요하면 엄마가 경영하는 MEKONG CA PHE 수익의 작은 일부도 재단기금으로 기부되면 좋을 거야. 커피를 마실 때 마다 아기 코끼리들과 고통 받는 늙은 코끼리들부터 구해 낼 수 있을 거야. 엄마 내 소원을 들어 줘. 난 그것만 되면 소원이 없겠어."

"릴리 너무 좋은 생각이야 알았어. 꼭 그렇게 할게. 그럼 재단 이름은?"

"아기 코끼리 한 마리 구하기 재단."

"오, 릴리!"

"엄마 칸트는 치앙마이에서 그랬어. 자기네 아버지를 말리고 싶대. 술에 취해서 그랬어. 칸트는 막 가고, 막 사는, 막가파 그 아빠 때문에 미치겠대. 그러면서 또 이런다. 죽으면 커피 한 잔도 못 먹는대. 죽으면 아무 것도 못한대. 스마트 폰도 못 보고 편지도 못 쓰고 여행도 못 간대. 정치가 개판인 꼴도 못 본대. 그러면서 자기는 어둠이 너무 싫대. 땅 속에 쳐 박혀 어떻게 사냐고 그래. 그러면서 징징 울더라. 술이 너무 취했나봐."

"릴리. 칸트에게 네가 좀 자주 전화해줘야 겠다."

"왜?"

"혹시 위험할 수도 있는 남자니까... 지나친 이상주의자는 자칫..."

잠시 생각하다 릴리가 답한다.

"알았어. 엄마."

#60. 인천 국제공항

"어서 와 한국은 처음이지?"

공항 입국장에서 칸트가 릴리를 반긴다. 여행용 가방을 대신 맡는 칸트에게 릴리가 말한다.

"자, 이렇게 한국에 왔으니 BTS를 만날 기회가 있을 수도 있겠지?"

"릴리가 BTS를 좋아한다고 해서 여기저기 수소문 했어. 그 결과 BTS의 리더 RM의 어머니를 아는 분이 계셔. 신문사 논설위원 지낸 분인데 RM의 어머니와 고향 친구라 하셔. RM도 IQ 158 천재지만 RM의 어머니도 천재이셔. 여고시절 전교 수석 입학 등 일생이 그냥 쫙...."

"그래서 만날 수 있다는 거야? 없다는 거야? 뭐야?"
"아직은 부탁 안 드렸어. 결례가 될까봐. 전 세계 BTS의 팬들인 ARMY들이 질투할까봐."

"호호... 하긴 그래. 난 BTS에 대해서 지금의 그리움만으로도 족해."
"그래? 좋았어. 숙제가 풀렸네. 사실 난 질투가 났지"

"호호... 이젠 그럴 필요 없어서 좋겠다. 좋아. 호호..."

#61. 서울, 릴리의 사진 전시장 입구

릴리의 서울 사진전 '코끼리와 커피 그리고 칸트- RAIN DANCE'를 알리는 대형 현수막이 건물 외벽 전체에 걸려있다.

#62. 릴리의 사진 전시장 실내

전시장 내 벽면에 릴리의 사진들이 걸려있다. 코끼리, 커피, 칸트의 사진들이다. 사진전 오픈 행사의 MC인 GBC TV의 이재성 아나운서가 마이크 앞으로 다가간다.

"안녕하세요? 오늘 뉴욕에서 활동하는 사진작가 릴리의 서울 사진전 '코끼리와 커피 그리고 칸트 이야기- RAIN DANCE' 오픈 행사 진행을 맡은 아나운서 이재성입니다. 첫 순서는 국내 코끼리 구호 단체인 하얀 코끼리의 영담 스님 모셔서 잠시 축사 부탁 드리겠습니다."

전시장 내 축하객들이 박수로 맞는다.

"안녕하세요? 방금 소개 받은 영담 입니다. 코끼리를 사랑합니다. 코끼리처럼 순하고 평화로운 동물이 없습니다. 하지만 멸종 위기에 몰려있습니다. 그래서 코끼리 구호단체 하얀 코끼리를 만들어 활동하다 보니까 코끼리가 있는 나라의 어려운 사람들까지 돕게 됐습니다. 앞으로는 코끼리의 상아를 빼앗기 위해 상아 상인들로부터 100달러만 받으면, 먹고 살기 위해 코끼리에게 총을 쏘는 아프리카의 코끼리 밀렵꾼들을 막기 위해 그들의 생활지원 대책도 추진 중입니다. 여기 계신 모든 분들 오늘 릴리 씨의 사진 전 보시고 코끼리를 구해내는 일에 많은 관심 부탁드리겠습니다. 코끼리가 사라지면 인간의 평화도 사라집니다. 감사합니다."

MC 이재성이 마이크를 받는다.

"네, 다음 순서는 오늘 릴리의 서울 사진전을 위한 축하 공연이 있겠습니다. 먼저 한국 판소리의 대가이신 인간문화재 안숙선님께서 단가 '착한 아기 코끼리 타령'을 직접 작창 해 판소리로 들려주시겠습니다. 박수로 환영해 주세요."

안숙선이 등장해 판소리 '착한 아기 코끼리 타령'을 부른다.

끼리끼리 코끼리야
코가 길어 코끼리야
숲속에서 사랑하네
2년이나 품에 안겨

고이고이 태어났네
끼리끼리 코끼리야
착한아기 코끼리야
끼리끼리 코끼리야

엄마아빠 아기까지
세 마리야 코끼리야
어느 봄날 총소리에
엄마아빠 쓰러졌네

걸어가네 비가 오네
혼자 남은 아기 코끼리
울며가네 비가 오네
혼자 남은 아기 코끼리

안숙선의 작창 판소리 단가 "착한 아기 코끼리 타령"이 끝나자 감동어린 박수가 쏟아졌다. 이어진 순서는 오늘 사진전의 주인공 릴리의 인사말이었다.

"안녕하세요? 릴리의 사진전 RAIN DANCE를 찾아 주셔서 감사합니다. 좀 더 나은 세상을 위한 사진작가가 되고 싶습니다. 코끼리는 영담 스님께서 말씀하신 것처럼 평화라고 생각합니다. 아프리카에서는 비가 올 것 같으면 코끼리들이 미리 감지하고 우기 때 넉넉히 마실 물이 있는 장소로 이동합니다. 그걸 레인 댄스라고 부릅니다. 오늘 저의 사진전도 그런 레인 댄스(RAIN DANCE), 진정한 기쁨을 주고받는 삶을 향해 내 딛는 작은 발자국 하나가 되길 희망합니다. 고맙습니다."

다낭과 칸트가 릴리에게 축하의 꽃다발을 안겨 준다. MC 이재성 아나운서가 오픈 행사의 클로징 멘트를 시작한다.

"감사합니다. 저도 오늘 여기 와서 많은 생각을 하게 됐습니다. 코끼리를 살리고 누군가 자유롭게 행복한 커피를 마실 수 있는 그런, 온 세상이 평화로운 새로운 시대를 위해 오늘 릴리의 사진전이 시작됐습니다. 여러분, 이제 사진전 천천히 둘러보시고 하얀 코끼리 재단과 아기 코끼리 한 마리 구하기 재단에서 마련한 모금함이 있으니 여러분의 소중한 기부금은 어딘가에서 고통 받고 있을 코끼리들을 구해 낼 수 있을 것입니다. 그럼 이제 마지막 순서 오늘 이 사진전을 빛내기 위해 세계적인 작곡가 진은숙님의 코끼리를 위한 헌정 곡 레인 댄스, 현악 4중주곡의 연주, 함께 해 주시길 바라겠습니다. 큰 박수로 맞아 주세요."

열렬한 박수가 쏟아진다. 현악 4중주단이 등장해 RAIN DANCE 연주를 시작한다.

#63. 칸트와 아버지

칸트의 전화가 울린다. 칸트가 선시장 밖으로 빠저 나가 조용한 복도에서 전화를 받는다.

"아버지."
"야, 너 어디서 뭐하냐?"

"서울이에요."
"야, 너 그럼 왔으면 왔다고 이 아버지한테 신고를 해야지. 에

라. 이 무심한 놈아."

"전화는 왜 하셨어요?"

"아, 그렇지. 야, 내가 지금 큰 계약을 해야 돼. 그래서 계약서 사인하기 전인데 이 계약서 이 메일로 보낼 테니 한번 열어보고 나한테 불리한 조항, 독소조항 없나 최종적으로 살펴 봐. 비서들이 다 했지만 그래도 항상 내 영문 계약서 마지막은 네가 검토했잖냐. 알았지? 무슨 얘긴지? 그럼 보고 알려 줘라."

"언제까지요?"

"한국식으로 빠르면 빠를수록 좋다."

"알았어요. 빨리 열어보고 알려 드릴게요."

전화를 끊은 칸트는 스마트 폰으로 이멜을 열어본다. 점점 심각해지는 칸트의 얼굴빛이 갈수록 어두워진다. 다 살펴보고 난 칸트가 한숨을 푸하고 몰아 내 쉰다. 그리고 잠시 생각하다가 털썩 복도 벽에 기대앉는다. 이윽고 결심한 듯 아버지에게 전화한다.

"아버지. 저 이거 검토 못해요. 아니 했지만 말 못해요. 도와드릴 수 없어요. 절대로."

"아니 너 그게 무슨 소리야? 이게 지금 얼마나 중요한 계약인데. 거기 액수 못 봤어? 미사일 16발에 4억8천만 달러! 잔소리 말고 빨리 최종 검토해서 알려 줘."

"안돼요. 아버지."

"뭐가 안 돼. 아, 씨발 놈이. 진짜 이 새끼 이거 내 자식만 아니면 진작 작살을 냈는데. 아유, 씨발., 요즘 젊은 새끼들은 왜 이래? 내 새끼나 남의 새끼나 다들 좆같아. 아, 씨발. 야, 이놈아. 내가 미8군 하우스 보이하려고 다니던 고등학교 뭐고 다 때려 치고 들어가서 그때부터 이제까지 얼마나 고생을 했니? 사업 좀 된다 싶으면 또 뒤집어지고. 깜빵도 갔다오고 이 애비가 부도만 열여덟 번이야. 아, 씨발. 나 같은 빠꼼이 한 테도 사기를 치는 새끼들이 있다니까... 아무튼 나의 조국 대한민국 대단한 나라야. 아무튼 잔말 말고 빨리 검토해."

"아버지. 욕은 얼마든지 하셔도 좋아요. 하지만 그래서 안 된다는 거 에요. 미사일은 안 돼요. 아버지 사람 죽이는 미사일 정사에 왜 끼어드세요? 당장에 그만 두세요. 아버지 미사일 이거 진짜 추진하면 난 아버지 안 봐요. 코끼리들이 용서 안 할 거 에요."

"뭐? 코끼리? 갑자기 코끼리는 또 뭐야? 어, 이제 보니 완전 미쳤구나. 맛이 갔네. 이 새끼가 이거..."

"아버지 돈이 다가 아니에요. 솔직히 죽을 때 돈 갖고 가요? 빈손으로 가잖아요? 아니지. 빈손도 아니고 내 몸도 다 두고 가잖아요."

"야, 이 씨발 놈아. 그래도 살아있을 때는 돈이랑 늘 한 몸처럼 같이 붙어다녀야 돼. 세상은 움직이면 돈이야, 이놈아, 에라 이 멍청한 새끼."

"아, 됐어요. 아버지. 저 전화 끊어요."

"너, 너, 너 지금 전화 끊으면 너 이 애비랑 영원히 안 보는 거다. 응? 알아? 몰라? 그리고 너 이놈아. 좋은 무기가 있어야 다른 나라가 겁먹고 평화를 지키는 거야. 니가 뭘 안다고 깝죽대 깝죽대길! 응? 너 왜 이걸 몰라? 그리고..."

칸트 전화를 끊는다. 그리고 또 다시 한숨을 푹 내 쉰다. 머리를 감싸 쥔다. 이때 릴리가 칸트를 부른다.

"칸트!"

천천히 고개 드는 칸트.

"칸트"

릴리가 다가간다.

"릴리, 웬일이야? 오늘의 주인공이 안에 있어야지?"

148

"괜찮아. 엄마가 안에 계셔. 궁금해서 나와 봤어. 무슨 일이야?
칸트?

"아, 괜찮아. 그냥 뭐 좀..."
"얘기해. 지금 아니라도 마음 내킬 때 아무 때나, 내가 다 들어
줄게 알았지? 칸트!"

"그래. 릴리, 고마워."
"자, 그럼 다시 들어가자."

릴리가 칸트의 팔짱을 낀다. 전시장 안으로 들어가는 두 사람.

#64. 호텔 방의 아버지

칸트와 통화를 재차 시도하는 아버지, 통화가 계속 안 뇌사 호
텔방 침대 시트 위에 스마트 폰을 던져 버린다.

"에라이, 콱 뒈라. 이 씨발 놈아. 아이쿠, 이걸 낳고 내가 미역국
을 먹었으니... 아니지. 미역국은 마누라가 먹었지. 아무튼 거, 참
나.. 더러워서 멕이고 입히고 미국유학 까지 보내고 세상 구경 다
시키고 내 사업이나 이어 받으랬더니, 뭐? 미사일은 안 돼요? 사
람 죽이는 거 에요? 이런 씨발 놈. 이 새낀 자식도 아냐. 아예 이

149

참에 호적을 곡괭이로 완전히 싸그리 파 버려야겠네. 이 씨발 놈.
아, 이거 완전 좆같은 새끼네."

다시 전화를 거는 아버지.

"야, 김 비서."
"네, 회장님."

"야, 도저히 열 받아서 안 되겠다. 나 지금 위스키 좀 마시고 있
을 테니까 여자 올려 보내."
"네? 여자요?"

"그래. 알잖아. 오늘은 두 명 올려 보내."
"아, 네... 네. 그런데 몇 시간 후면 계약서 사인 하셔야 되는데
괜찮으시겠어요?"

"괜찮아. 반신욕 딱 한 시간 하면 거뜬해. 고저 날래 날래 실행
하라우. 알간?"
"아... 네..."

옷을 훌훌 벗고 위스키를 병째 마시는 아버지.

#65. 홍대 앞 산더미 불고기 음식점

젊은 열기로 가득한 서울 홍대 앞 산더미 불고기 음식점. 릴리와 칸트, 다낭, 이재성 아나운서가 술을 곁들인 식사 중이다. 릴리가 칸트에게 말한다.

"칸트, 고마워 오픈 행사 준비를 너무 잘해 줘서 아름다운 추억이 될 것 같아. 이재성 아나운서님도 수고 많으셨고요. 나의 엄마 다낭님, 물론 너무 감사합니다."

칸트가 답한다.

"내가 고맙지. 떠돌이 여행자로 살다가 노후대책은 노숙자로 살 뻔했는데 네브래스카의 그녀가 날 살렸지. 다시 살고싶어졌으니까."

이재성 아나운서가 묻는다.

"칸트씨, 네브래스카의 그녀가 누구에요?"
"나도 궁금하네."

다낭도 묻는다. 칸트가 답한다.

"네, 네브래스카의 그녀는 릴리에요. 릴리는 사진촬영 여행을 하고 있었고요. 저는 커피 따라 음악 따라 알래스카에서부터 캐나다 서부 해안도로 쭉 타고 내려와서 시애틀, 포틀랜드, 샌프란시스코 다시 시카고 이러면서 네브래스카까지 고물차 타고 다녔는데 거기서 우연히 제 차가 퍼져버리면서 만날 수 있었죠. 릴리를... 하하..."

다낭이 축배를 든다.

"자, 우리 모두 코끼리와 커피 그리고 칸트를 위하여, 완 샷!"

다 같이 축배를 든다.

이재성이 잔을 내려놓으며 말한다.

"참 대단한 인연이네요. 참된 인연의 화살은 한밤중에도 과녁을 맞춘다고 들었습니다. 두 분이 참 잘 어울리세요. 솔직히 질투도 나고요. 제가 먼저 릴리 씨를 만났으면 좋았을 텐데... 솔직히 그 생각 했어요. 아까 전시장에서 릴리씨 처음 봤을 때..."

칸트가 불안한 표정으로 말한다.

"어? 이거 위험한데? 나도 아직 릴리의 마음을 갖지 못했는데 삼각관계?"

"아, 절대 아닙니다. 저는 스토커에다가 짝사랑 전문이라서요.
하하.. 농담입니다. 하하.. 아무튼 겁먹지 마세요. 칸트씨. 하하..."

지켜보던 릴리가 말한다.

"아우, 난 질려. 스토커. 삼각관계. 아 피곤해..."

다낭이 거든다.

"하긴 릴리는 10대 시절 아침 등굣길부터 학교 앞에서 기다리
는 남학생들이 줄을 섰었지. 호호..."
"자, 그럼 이번에는 제가 코리언 위스키 소주 처음처럼과 맥주
카스를 섞어 GBC 아나운서국 쏘맥 카스처럼을 한번 깔끔하게 거
의 보약수준으로 말아서 대접해 올리겠습니다."

소주와 맥주를 섞는 이재성. 다낭이 말을 잇는다.

"그런데 릴리는 인물사진은 전혀 촬영 안했고 주로 풍경사진이
었는데 이번엔 칸트를 촬영했네."
"그랬지. 엄마. 난 내가 좋아하는 선배작가가 프랑스의 '으젠느
앗제'에요. '으젠느 앗제'는 사진 역사의 보석이에요. 아버지가 파
리의 마차수리공이었는데 일찍 세상을 떠나 고아가 됐죠. 그래서

뱃사람도 됐다가 싸구려 신파극 배우도 했다가 화가도 했다가 결국 사진작가가 돼요. 평생 무명! 죽은 다음에 초현실주의자 '만 레이'와 여류 사진작가 '베더니스 애벗'에 의해 유명해졌죠. '으젠느 앗제'는 파리의 풍경 그것도 사람 없는 뒷골목을 주로 찍어요. 그 이유가 성격이 너무 수줍었대요. '으젠느 앗제'는 먼지 같은 일상 속에서 무지개 같은 환상을 건지려 했던 것 같아요. 먹고 사는 문제는 이발사를 했다는 얘기도 있어요. '으젠느 앗제'는 사진을 생전에 만점 이상 찍었지만 단 한 점도 팔린 적이 없고요."

칸트가 릴리의 말을 받는다.

"와, 멋진 사진작가였네. 나도 사람보다는 커피와 음악과 풍경 여행 좋아하던 떠돌이였으니까. 수줍은 건가? 하하..."

릴리가 답한다.

"그럴 수도 있겠네."

칸트가 답한다.

"그런데 나는 커피를 마실 때 마다 늘 기대를 해. 이번엔 어떤 커피지? 하고 하지만 대부분의 커피는 영혼이 없고 기억 안 나는 커피도 너무 많았어. 그런데 릴리를 만나면서부터는 세상의 모든 커피가, 창가의 풍경이, 지나가는 택시가, 커피숍에서 노트 북 하는 사람들이, 수다 떠는 여자들이 다 아름다운거야. 쓸쓸한 겨울 나무에 봄 햇살이 비추기 시작한 것처럼, 그래서 릴리가 나의 봄, 나의 햇살, 나의 태양이야."

다낭이 릴리에게 묻는다.

"릴리는 어때? 칸트를 만나고 나서부터?"

릴리가 답한다.

"엄마. 질투하지 마. 난 가족 외에 처음으로 편안한 사람을 만났어. 포근한 이불 같고, 푹신한 침대 같은 남자 칸트."

이재성이 부러운 목소리로 말한다.

"와, 벌써부터 깨가 쏟아지네. 완전 참기름 방앗간이네. 훗훗... 그런데 실례지만 과감히 실례를 무릅쓰고 릴리 씨 에게 한마디만 물어 봐도 돼요? 정말 너무 궁금해서요. 아인슈타인이 이 세상에서 가장 중요한 건 질문하는 거라고 했거든요."
"좋아요. 물어 보세요."

"자, 그럼 진실게임 들어갑니다. 두 사람이 같이 잠을 잤다? 안 잤다? 죄송합니다. 릴리 어머님."

다낭이 재밌다는 듯 웃으며 답한다.

"하긴 나도 갑자기 궁금해졌네."

릴리가 답한다.

"글쎄요. 내 친구 마리엔느 같으면 아마도 '샤워하기 귀찮아서 남자랑 안자요,' 이럴 것 같고, 마리엔느의 친구 미셸 같으면 '너무 많은 남자들과 자다 보니까 기억이 안 나요,' 이럴 것 같은데 제 경우는 아직 안 잤어요. 아직? 글쎄. 그럼 앞으로 잘 건가? 말이 좀 그렇다. 아무튼 아직 안 잤어요. 하지만 잘 필요가 없어요. 왜냐하면 그냥 커피숍에서 마주 보고 있어도 섹스 이상으로 행복해요. 어때요? 답이 됐어요? 혹시 그쪽이 나랑 자고 싶은 거 아닌가요?"

"하하.. 들켰나? 하하... 굳이 혐의를 부인하지는 않겠습니다."

"글쎄요. 저도 많이 졸음이 쏟아지면 그리고 칸트도 졸음이 쏟아지면 언젠가 그럴 날이 올까요? 호호..."

다낭이 이야기를 정리한다.

"그만. 됐다. 정말 세상 많이 좋아졌네. 엄마 앞에서.. 호호... 까짓 것 봐주지."

칸트가 말한다.

"자, 우리 그만 일어날까요? 2차를 가죠. 내가 즐겨찾기하는 신촌 연세대 앞에 우드스탁 LP 록 바엘 가죠. 어떠세요?"

이재성이 답한다.

"아, 저는 내일 아침 생방송이 있어서 일어나겠습니다. 그리고 들러리는 요기까지만 할게요."

다낭도 말한다.

"나도 호텔로 돌이가야 겠디. 릴리, 너무 많이 마시지 말고. 적당히. 알았지? 그리고 너무 늦지도 말고. 적당히 알았지?"
"네. 엄마. 이재성씨 잘 가요."

#66. 서울 신촌 연세대 앞 LP 록 바 우드스탁

춤추는 사람들과 흥을 주체 못해 심지어 테이블 위로 올라가 춤추는 여자. 술 마시는 사람들과 LP를 틀어주는 털보 DJ가 있고 그의 등 뒤로 벽면 한가득 LP 음반들이 꼽혀있다. 아버지가 한국전쟁 참전용사였다고 하는 EMMYLOU HARRIS의 '내 사랑의 다짐'(PLEDGING MY LOVE)이 흘러나온다.

영원한 나의 여인
내 사랑은 진실이에요

언제나 영원히
당신만을 사랑 할래요

나의 여인이여
당신의 사랑을 돌려준다고
약속해 줘요

내 영혼의 불같은 열정은
영원히 타오를 거 에요

내 마음 당신을 지켜 주며
사랑하고 안아주는데 있어요

당신을 행복하게 해 주는 것이

나의 소망이에요

당신을 지켜주는 것이
나의 목표에요

내 시간이 다하도록
당신의 사랑을 떠나지 않을 거 에요

칸트가 릴리에게 춤을 청한다. 릴리가 칸트의 손에 이끌려 플로어로 나간다. 둘은 음악에 맞춰 블루스를 추기 시작한다. 칸트의 품에 안겨 춤을 추며 릴리가 속삭이듯 말한다.

"처음 봤을 때 '아, 이 남자는 자유에 마저 지쳐버렸네' 그랬지."
"그래. 하긴 남이 나를 더 잘 볼 때도 있지."

"어때? 칸트!"
"뭐가?"

"릴리의 사랑의 감옥에 한번 갇혀 볼래?"
"감옥은 싫어. 사랑은 좋지만."

"사랑의 감옥은 자기 발로 걸어 들어가는 천국이야. 좋아. 내가 기다려 줄지도 몰라. 하지만 여자의 마음은 변덕스런 날씨 같고 멈출 수 없는 파도 같은 거야. 언제 어떻게 변할지 몰라."

"알고 있어. 릴리, 사랑해."

"그런다고 내가 졸음이 올 줄 아나? 호호..."

음악에 취하고 사랑에 취하고 춤에 취해가는 두 사람.

#67. 종로 5가 광장 시장

늦은 밤의 먹거리 장터 광장시장, 하지만 늦도록 장사하는 빈대떡 가게 한두 곳이 있다. 노점의 좁다란 나무의자에 함께 앉는 릴리와 칸트.

"릴리, 어때 여기 마음에 들어? 한국적인 전통시장이 보고 싶댔지?"
"오우, 맞아. 나 이런 게 보고 싶었어. 여기서 우리 딱 한잔씩만 해. 난 술이 취했어. 더 마시면 안 되지만..."

칸트가 빈대떡과 소주를 주문한다. 소주를 따라주며 칸트가 시를 낭송한다.

술은 입으로 들어오고
사랑은 눈으로 들어오네

우리가 늙어 죽기 전까지
확실히 알게 되는 것은 이것이 전부

나는 술잔을 들어 입에 가져가며
그대를 바라보고는 한숨짓네

낭송을 마친 칸트가 릴리와 함께 짠하고 술을 마신다. 릴리가
묻는다.

"누구지? 누구더라?"
"예이츠."

"그래. 맞다. 예이츠의 술의 노래. 아일랜드 시인이지?"
"음 맞아. 사랑하는 여자가 있었는데 아일랜드 독립운동가 '모
드 곤'이라는 여자였지. 청혼했는데 거절당하고 그 여자는 다른
남자와 결혼했는데 그 남자가 죽었어. 그래서 예이츠가 또 청혼
했는데 역시 거절, 그래서 결국 다른 여자와 예이츠는 결혼했지
만 아무튼 진짜 결혼하고 싶었던 '모드 곤' 그 여자 때문에 예이
츠는 좋은 시를 많이 쓸 수 있었대."

"예이츠도 힘들었겠네. 그런데 칸트!"

"왜?"

"칸트는 집이 어디야? 정말 노숙자는 아닌 것 같고."

"그거 노숙자 아무나 하는 거 아냐. 예전에 한국에 IMF왔을 때 어느 방송국 피디가 노숙자들이 많아지자 그 현상을 특집방송으로 만들었는데 취재하면서 결론 낸 게, 노숙자들이 하나 같이 자기 걱정 안 하고 나라 걱정 무지하게 했다는 거야. 그래서 그 피디는 그때부터 나라 걱정 안하려고 무진장 애썼대. 그리고 내가 사는 곳은 서울의 모처에 거처하고 있어. 가 볼래?"

"그래. 좋아. 가보고 싶어."

#68. 서울 변두리 칸트의 옥탑 방

서울 변두리 동네 옥탑 방. 어두운 계단을 올라가는 칸트. 이윽고 옥탑 방 문을 열고 들어가 불을 켜는 칸트.

"어서 들어와 릴리. 옥탑 방은 처음이지?"

"여자가 이 방을 방문한 건 몇 번째지?"

"셀 수 없지. 한 번도 안 왔으니까."

"좋아, 믿어줄게. 방이 귀엽다. 작고 예쁜데 뉴욕 그리니치빌리지의 밥 딜런 무명 시절 스튜디오나 파리 몽마르뜨 언덕 위의 무명화가 시절 피카소가 살던 작업실이 이랬을 거야."

"음악 틀어줄까?"
"아니. 괜찮아."

"옥탑 방엔 몇 년 전에 왔어. 출가를 한 셈이지. 잃어버린 날 찾고 싶었어. 내 안에 뭐가 있는지 궁금했고 아버지 사업을 이어 받기도 싫었고"
"왜?"

"비위가 약한가봐. 돈을 보면 거부 반응이 왔어."
"아직 배가 덜 고프시군. 돈을 보면 너무 사랑스럽고 예뻐서 황홀해서 도저히 돈을 쓸 수 없어서 수집만하는 사람들이 부자가 된대."

"난 그런 체질이 아닌 거지."
"칸트 칫솔 있어?"

"있지. 새 걸로 줄게. 그리고 난 여기서 자고 릴리는 저 방에 들어가서 자면 돼."

#69. 옥탑 방의 아침

릴리가 자던 방에서 머리를 쓸어 올리며 나온다. 칸트가 CD를 고르다 릴리를 바라보며 아침인사를 한다.

"굿모닝 릴리! 잘 잤나요?"
"댕큐, 칸트가 별로 한 것도 없지만 그래도 인사치레를 해야겠죠? 덕분에 잘 잤어요."

"나도 잘 잤어. 새벽부터 비가 내려서 너무 좋았어. 지금도 비가 와."
"그래. 빗소리가 너무 편안했어. 칸트가 덮어 준 담요도 고맙고. 거기서 맡아지는 칸트 냄새도 좋았고."

"그래. 나도 비가 좋아. 빗소리도 좋고. 그래도 음악을 듣자. 뭐가 좋을까? 아침부터 록앤롤, 엘비스 프레슬리? 아니면 내가 요즘 유난히 더, 더, 더 좋아하는 에미루 해리스? 아니면 밥 딜런? 여자들은 밥 딜런 별로 안 좋아하는 것 같기도 하고."
"그 가수들을 왜 좋아해?"

"엘비스 프레슬리는 용기를 주지. 밥 딜런은 엘비스 프레슬리를 처음 듣는 순간 감옥에서 풀려난 것 같다고 말했지. 브르스 스프링스틴도 엘비스 때문에 사람들은 조금씩 꿈을 꾸기 시작했다

그랬고, 에미루 해리스는 지구의 엄마? 지구의 연인 같아. 모든 것들을 바라보고 그 시간의 바다 속으로 사라져가는 풍경들을 하나하나 다 아파하는 것 같아. 그런데 에미루 해리스, 그 목소리는 말이지. 마치 아무 일도 없었던 것처럼 무심하게 노래하지. 고통의 내면화? 그런 것 같아."

릴리가 공감한다는 표정으로 답한다.

"최고의 경지에 올라서야만 그런 소릴 내겠지? 그리고 어제 밤 내게 얘기해 줬잖아. 최고의 노래는 내가 그 소리를 내는 게 아니라 그 소리가 가는 방향을 바라만 보는 거라고. 내가 애면글면 꾸미고, 비틀고, 꺾고 그러는 게 아니라고. 나도 내 청춘을 그렇게 살아야겠어. 정말 고마워. 좋은 얘길 들려 줘서."

창문을 여는 칸트.

"창문을 좀 열게. 비 오는 풍경을 봐야지. 릴리 저기 보이는 저 산이 높이가 800미터, 북한산이라고 해."
"아, 그렇구나. 칸트, 음악은 에미루 해리스 부탁해. 마치 아무 일도 없었던 것처럼. 실제로도 그랬고."

칸트가 에미루 해리스의 CD를 튼다. 옥탑 방 안에 그녀의 노래 If This Is Goodbye가 비안개처럼 번져간다. 이따금 창틀에 떨어지는 빗방울이 튀어 방 안으로 들어온다. 작은 방이지만 평화롭고 넉넉한 분위기가 감돈다. 칸트가 책꽂이에 기대고 릴리가 칸트의 가슴에 기댄다. 두 눈을 감고 어느새 스르르 잠에 든다.

#70. 옥탑 방 싱크대

칸트가 잠든 릴리를 위해 아침식사를 만들고 있다. 밥을 하고, 계란을 깨서 오믈렛을 만들고 감자 국을 끓인다. 김치를 썰고 깨 간장에 김도 곁들인다. 비는 좀 더 세차진다. 칸트가 싱크대 벽에 열린 작은 들창문으로 비오는 풍경을 바라보다가 울컥하는 표정이다.

#71. 옥탑 방에서의 아침 식사

식탁이 없어서 신문지를 방바닥에 깔고 밥상을 차렸다.

"릴리, 반찬은 없지만 맛있게 드세요."
"칸트 고마워. 릴리는 성공했네. 남자가 해 주는 아침 식사도 하고... 호호..."

"미안해. 식탁도 없는 아침 식사를 하게 해서."

"식탁이 아무리 좋으면 뭐해? 좋은 남자가 있어야지."

"진담이야?"
"거의 진담이겠지?"

"하하... 다행이야. 그렇다면 하하... 하하..."
"왜 자꾸 웃어? 내가 못 생겨서 웃겨?"

"아니 정 반대지. 좋아서. 예뻐서 웃는 거야. 이런 날을 꿈꾸긴
했을거야. 하지만 그 꿈을 많이 믿진 않았지. 실망할까봐. 바보가
약은 척 한 거지. 그런데..."
"그런데?"

"이렇게 꿈같은 날이 왔잖아."
"고마워 칸트"

"사랑해, 릴리."

#72. 릴리의 사진전시장에서의 기자회견

십여 명의 기자들 앞에 마련된 테이블에 릴리와 칸트가 앉아있
다. 칸트가 인사말을 한다.

"감사합니다. 안녕하세요? 릴리의 서울 사진전 '코끼리와 커피 그리고 칸트- RAIN DANCE' 기자회견을 이제부터 시작하겠습니다. 참고로 저는 칸트이고 이번 사진전에 릴리 씨가 저를 촬영한 작품들이 있는데요. 저는 릴리 씨가 저를 이번 전시회의 오브제로 사용했다고 생각합니다. 자, 이제 기자 여러분들의 질문 받고 릴리 씨가 답하는 시간 갖겠습니다. 기자 분들께서 손을 들고 질문해 주세요."

"네, 아트 뉴스의 김동호 기자입니다. 이번 사진전에서 코끼리 사진들이 많이 나오고 몇몇 사진, 파잔 의식 같은 사진들은 마음이 아픕니다. 코끼리를 사진의 소재로 선택한 데 대해서 얘기해 주시면 고맙겠습니다."

릴리가 기자의 질문에 답한다.

"네, 질문 주셔서 감사합니다. 처음엔 커피로 시작된 프로젝트였습니다. 전 세계에서 수많은 사람들이 커피를 마십니다. 미국이 연간 1인당 4~500백잔, 한국도 3~400잔 이상 그렇게 알고 있습니다. 그렇게 우리 생활에 밀착된 커피, 하지만 커피가 뭔지 커피의 본질을 저는 알고 싶었습니다. 그래서 커피에 카메라를 갖다 댔고, 커피는 조금씩 제게 마음을 열고 말을 건네 오기 시작했습니다."

기자가 다시 묻는다.

"그래서 얻은 결론은 뭔가요?"

"커피는 도피다. 이런 생각을 합니다."

"도피요?"

"네, 커피를 마시는 순간 잠시 행복하달까요? 평화를 회복하고 내 시간을 되찾는데, 아니 탈환이란 말이 정확할 것 같습니다. 커피를 통한 도피, 무의식적인 평화회복, 자유 느낌은 세상을 돌아가게 하는 그래서 너무나 중요한 잠시의 아름다운 행복이라고 생각합니다."

칸트가 말한다.

"그럼 다른 질문 받겠습니다."

기자들이 손을 든다. 칸트가 한 기자를 지목하며 말한다.

"네, 질문해 주세요."

"네 커피 타임즈의 박순애 기자입니다. 조금 전 아트 뉴스의 김동호 기자님이 코끼리를 질문했는데 커피 얘기가 된 것 같습니다. 저도 궁금한데 코끼리에 대한 릴리 작가님의 얘기 부탁드립니다."

릴리가 답한다.

"아, 그렇군요. 죄송합니다. 코끼리는 오래 전부터 관심이 많았습니다. 어린 시절 어머니가 데리고 간 동물원에 갇힌 코끼리부터 동화책에 나오던 친구 같은 코끼리들, 하지만 코끼리는 이미 잘 아시다시피 멸종 위기에 처해 있습니다. 인간의 코끼리에 대한 시선, 대접, 보답은 문제가 많다고 생각했습니다. 인간에겐 코끼리를 착취할 권리가 없다고 생각합니다. 물론 먹고 사는 문제가 걸려있다는 것도 이해가 갑니다만, 이제 새로운 시대를 위해서, 코끼리를 바라보는 세계인들의 시선에 대해서, 코끼리 관광을 하면서 코끼리에 올라타는 사람들의 즐거움에 대해서 또 파잔 의식을 강행하는 사람들에 대해서 저는 무언가 말하고 싶었습니다. '다른 일을 택하면 안 되나요?' '코끼리 보호센터에 가서 코끼리의 친구가 되면 안 되나요?' 같은 질문을 하고 함께 고민하고 싶었습니다. 코끼리를 착취해서 억압해서 얻은 즐거움과 이익은 궁극적으로는 근절돼야한다고 생각합니다. 물론 레게 아티스트 밥 말리가 말한 것처럼 세상은 천천히 바뀌겠지만요."

칸트가 다시 진행발언을 한다.

"또 다른 질문 받겠습니다."

"대한일보 문화부의 김중업 기자입니다. 전시된 사진 중에는 칸트 씨도 등장합니다. 더욱이 오늘 진행까지 수고해 주시고 이번 전시회 기획자이신데 어떤 생각으로, 어떤 의도로 릴리 씨의 사진전을 기획하셨는지 궁금하고요. 또 칸트 씨 개인적으로 릴리 씨의 사진작품을 통해 대중들에게 보여 지게된 데 대해서도 얘기해 주시기 바랍니다."

"네, 작가 릴리 씨의 사진전 RAIN DANCED의 소통을 위한 시간이지만 잠시 대답 드리겠습니다. 생텍쥐페리의 어린왕자에 보면 사막이 아름다운 이유는 어딘가에 우물이 있기 때문이라고 합니다. 그 우물을 찾아가는 여정의 하나, 그것이 바로 이번 릴리 씨의 사진전 레인댄스라고 생각합니다. 그리고 저 개인적인 얘기는 노자가 말한 도가도 비상도(道可道 非常道), 도를 도라고 말하는 순간 그것은 도가 아니라고 했는데 저 역시 제가 칸트에 대해서 이러쿵저러쿵 감히 얘기할 입장은 아니라 생각돼서 도가도 비상도, 두루뭉수리 넘어가는 걸로 대신하겠습니다."

칸트의 답이 끝나자 한 기자가 손을 들고 질문한다.

"저는 릴리 씨에게 질문 드리겠습니다. 다시 한 번 사진선 축하 드리고요. 이번 서울 전시회 이후의 계획은 어떻게 되나요?"

"네, 서울 전시가 끝나면 곧장 뉴욕 전시회가 있고 그 다음 런던, 암스텔담, 방콕, 베이징, 도쿄, 호치민 등 21개 도시에서의 전시회가 현재 일정이 잡혀나가고 있습니다."

제3부

투본 강 연인

#73. 호치민의 Bar 'Blue'

이제는 나이 든 뚜앙과 후에가 마주 본다. 그 예전 뚜앙이 후에를 만났던 곳이다. 후에가 입을 연다.

"뚜앙 얘기해 줘요."
"여기 오랜만에 오니까 옛 생각이 나네."

"얘기 해 달라니까요."
"후에는 여전히 곱고 아름답군."

"뚜앙."
"후에, 무슨 얘길 원하지?"

"알잖아요. 에반의 얘길 해 줘요. 뚜앙 당신은 1975년 4월 30일 대통령궁 점령지휘관이었잖아요. 에반은 날 구하기 위해 헬기를 타는 대신 끝까지 남았어요. 그 뒤에 소식은 아무도 몰라요. 뚜앙은 알고 있죠?"
"후에!"

"뚜앙! 제발..."

뚜앙이 천천히 위스키를 따라 마신다.

"후에, 꼭 알아야겠소?"

"뚜앙..."

"후에, 에반은 끝까지 저항했소. 온 몸이 벌집이 됐지. 내가 갔을 땐 마지막 숨을 거두기 직전이었소."

#74. 남베트남 대통령궁의 미 군사고문단실

대통령궁 점령군들에 의해 총알이 쏟아지고 오른 손에 권총을 쥔 채 에반이 피를 흘리며 가까스로 버틴다. 좀 더 총알이 가해지고 에반이 바닥에 쓰러진다. 이때 뚜앙이 부하들과 함께 들어온다. 에반의 감은 눈에 총구를 갖다 대고 부하 군인이 말한다.

"장군님 확인사살을 할까요? 끝난 것 같습니다."

"아니다. 너희들은 나가 있어라."

부하들이 나간다. 뚜앙은 에반의 얼굴 가까이 귀를 갖다 댄다.

"에반. 마지막으로 남길 말을 해 주시오."

에반이 마지막 사력을 다해 눈을 뜨며 가쁜 숨을 몰아쉬며 띄엄띄엄 말한다.

"뚜앙... 내 몸을... 호이안... 호이안의 투본강이... 보이는... 곳에... 묻어... 주시... 오... 그리고... 뚜앙... 후에에게... 에반이... 사랑한다고 꼭... 전해..."

유언을 채 다 못 마친 에반이 풀썩 고개를 돌려 힘없이 운명한다.

"에반.... 에반..."

뚜앙이 에반을 흔들어 깨우려 했으나 더 이상 아무런 반응이 없다. 뚜앙은 일어나 창가로 다가선다. 흰 꽃을 피운 키 큰 나뭇가지가 바람에 흔들리고 있었다.

#75. 대통령궁 국기 게양대

대통령궁의 월남 깃발이 내려지고 월맹 국기가 올라가고 있다. 월맹 군인들이 총을 치켜 흔들며 환호하고 있다.

#76. 호이안 투본 강 언덕

아름다운 호이안 투본(Thu Bon) 강 언덕 위를 오르는 뚜앙과

후에. 이윽고 조그만 비목 하나가 다 쇠락해 가고 있는 곳에 당도
한다. 후에가 묻는다.

"여기?"

뚜앙이 발길을 멈춘 뒤, 대답 대신에 고개만 끄덕인다. 털썩 주
저앉는 후에. 바람에 희끗희끗 흰 머리칼이 흩날린다. 비목을 어
루만진다. 하늘을 본다. 다시 비목 주변의 흙과 풀들을 만져본다.
따스하다. 에반의 사랑 같다. 후에가 입술을 연다.

"에반..."

에반은 대답이 없다.

"에반.."

에반은 또 대답이 없다.

"에반 나 아직도 사랑해?"

뚜앙이 몇 발자국 후에로부터 벗어난다.

"에반. 왜 죽었어? 왜 나만 살리고 에반은 죽어? 에반, 내가 잘

못했지? 그렇지? 내가 남았어야지? 그렇지? 에반..."

땅 바닥에 엎드려 흐느끼는 후에. 뚜앙이 좀 더 떨어진다.

"에반, 난 에반 없으면 아무 것도 아냐. 껍데기야. 그냥 껍데기... 에반... 나, 너 사랑해. 진짜... 사랑해.... 에반... 에반..."

투본 강 하늘 위로 검은 먹구름이 몰려온다. 서럽게 흐느끼며 어깨를 들먹이는 후에의 등 위로 굵은 빗방울이 후두둑 후두둑 떨어진다. 후에의 등이 비에 젖는다. 후에의 얼굴이 눈물범벅이 된다.

#77. 호이안 투본 강변 밤의 호텔

후에가 밤의 호텔 창밖으로 투본 강을 내다본다. 강변의 카페들과 음식점과 상점의 불빛들이 아른거린다. 후에의 마음속에서 이런 말들이 솟구쳐 오른다.

"에반. 미안해요. 나 혼자 살아있네요. 그래도 당신의 그리고 우리의 다낭이 있어요, 그러고 보니 나도 당신도 할아버지, 할머니가 됐네요. 릴리라고 너무 예쁜 손녀가 있어요. 당신의 핏줄은 뉴욕의 허드슨 강처럼 당신과 나와의 추억이 서

178

린 저 호이안의 투본 강처럼 영원히 흐를 거 에요.

에반, 어때요? 거긴 살만한가요? 당신이 좋아하는 랭보도 괴테도 생텍쥐페리도 존 레논도 가끔 만나 보나요? 당신은 언젠가 그랬죠? 죽는 건 두렵지 않다고. 그 이유를 당신은 당신이 좋아하는 사람들을 만날 수 있어서라고 했어요. 그래서 에반 이제 보니 당신은 바보에다가 나쁜 사람이에요. 나만 쏙 빼 놓고 그 사람들을 만나고 있으니 말이에요.

에반, 나도 당신을 따라 갈까요? 대답해 봐요, 에반, 헬기에는 다낭과 나를 살리기 위해 당신 자리가 없었지만 이제 천국엔 당신 자리가 있겠죠? 그리고 내 자리도 있나요? 에반, 없어도 괜찮아요. 당신 무릎 위에 난 언제까지나 얌전히 앉아 있을 거 에요. 그리고 죽기 전에 몸무게를 좀 더 많이 빼고 갈게요. 당신 무릎이 다치면 안 되니까요.

에반, 오늘 뚜앙을 만났어요. 뚜앙이 그렇게 얘길 안해 주다가 오늘에서야 당신이 계신 투본 강 언덕을 알려 줬어요. 참 나쁜 놈이에요. 뚜앙은. 하지만 그래도 다행이에요. 내가 당신을 찾아 하노이 힐튼과 베트남의 여기저길 미친년처럼 쏘다닌다는 걸 누군가 알려줬나 봐요.

에반. 어쨌든 그래서 난 뚜앙을 용서할 거 에요. 그리고 당신 뚜앙을 질투하진 마세요. 에반. 나 정말 당신을 사랑해요. 이런 내가 바보 같나요? 하지만 당신을 사랑하기 위해서라면 난 돌멩이도 될 수 있고 쓰레기도 될 수 있어요. 그래도 돌멩이 속에서 벗어나 사랑의 날개로 날아오르는 새가 되고, 나비가 되고, 빛이 될 거 에요. 그래도 난 쓰레기통에서 피어나는 당신만의 장미가 될 거 에요.

당신은 언젠가 내게 그랬죠. 나는 이제 후에라는 꽃 밖에 모른다고. 지금도 그래요? 여보! 에반! 내 사랑, 나의 바보! 당신 죽지 않았으면 좋았을 텐데, 하지만 난 당신의 하나님으로부터 당신을 다시 훔쳐 올 거 에요. 당신의 천국은 여기 내 가슴이에요.

에반, 나의 심장 뛰는 소리 보다 더 좋은 음악은 모른다고 했잖아요. 여기 이 투본 강에서 그날 밤에 그랬잖아요. 에반.. 그래요, 당신은 죽지 않았어요. 내가 이렇게 당신만 사랑하잖아요. 그래요. 당신은 다 좋은데, 날 미칠 듯 한 그리움으로 살아가게 하니 그게 문제에요.

에반, 나 이제 잠들 거 에요. 에반, 우리가 처음 함께했던 그날 밤처럼 날 찾아 올 건가요? 그래요. 어서 오세요. 그래서 우리 그날 밤처럼 밤새도록 흐르는 투본 강처럼, 우리 오늘밤도 밤새도록 사랑을 해요. 아셨죠? 에반, 난 널 사랑해..."

#78. 이른 새벽 센트럴 파크를 달리는 다낭

함께 달리던 여비서가 다낭에게 말한다.

"대표님. 전화 받으세요."

잠시 달리던 발길을 멈추는 다낭. 비서가 건넨 전화를 받는다.

"다낭?"
"네. 엄마!"

"다낭..."
"네, 엄마. 얘기하세요."

"다낭..."

흐느끼는 후에.

"엄마, 왜 그래? 무슨 일 있어?"
"다낭, 너의 아빠를 찾았어."

"네? 뭐라고요? 정말?"

"그래. 에반을 찾았다."

"어머, 어디 계세요?"

"여기 호이안이다. 투본 강 언덕에 잠들어 계셔. 내가 깨워도 안 일어나. 그래서 내가 호이안에 있어야 돼."

"엄마. 여기 아침 비행기로 갈게. 아빠 보러 갈게. 난 한번도 못 봤잖아. 세상에 그런 게 무슨 아빠라고... 엄마, 나 곧 갈게. 호이안 어디야?"

"호이안 앨리비치 호텔."

"그래요. 엄마 알았어. 나, 갈 때까지 울지도 말고 식사 잘해요. 엄마 사랑해요."

전화를 마친 후에가 비서에게 말한다.

"베트남 호이안의 앨리비치 호텔에 투자해. 오늘 당장 구입해. 1초라도 빨리."

"네. 대표님."

#79. 뉴욕, 다낭의 MEKONG CA PHE 대표실

의자에 앉아 테이블을 등지고 뉴욕 맨해튼과 센트럴 파크를 내려다보는 다낭. 비서가 들어온다.

"대표님. 앨리비치 호텔 구입을 알아봤습니다."

다시 돌아 앉아 비서를 맞는 다낭.

"그래. 어떻게 됐어?"
"정상 가격 보다 두 배나 더 요구해 와 협상진행 중입니다. 그리고 현재 보유 중인 현금도 좀 부족합니다."

"알았어. 나가 있고 내가 다시 부를게."

다낭, 필리핀의 라이언에게 전화한다.

"라이언?"
"다낭?"

"라이언, 부탁이 있어. 호이안의 앨리비치 호텔을 갑작스럽지만 오늘 중으로 구입해야 돼. 도와 줘. 정상 가격의 두 배라는 데 가능한 한 낮춰 줘. 라이언의 아버지, 뚜앙 장군님께 도움을 부탁

드려 줘. 앨리비치 호텔 주인을 설득할 수 있는 라인이 있을 거야. 오케이? 그리고 하나 더 필리핀 MEKONG CA PHE 프랜차이즈 계약금을 지금 보내 줘. 오케이?"

"오케이. 다낭, 건강해야 해."

"땡큐, 라이언."

#80. 베트남 다낭으로 가는 비행기 안의 다낭

다낭의 전화에 뉴욕 여비서의 카톡 문자가 뜬다.

"필리핀 라이언 회장으로부터 MEKONG CA PHE 체인점 계약금 전액 입금 완료됐습니다."

다낭이 답 문자한다.

"오케이."

#81. 다낭 국제공항의 다낭

입국장으로 나오는 다낭. 건장한 남자들 여러 명이 나타나 다낭을 맞는다. 그 중 한명이 다낭에게 말을 건넨다.

"다낭 대표님이시죠? 라이언 회장님 지시로 호이안까지 저희들이 모시겠습니다. 라이언 회장님 전화를 받으시겠어요?"

다낭이 전화를 건네받는다.

"다낭, 내게 전화 해 줘서 너무 고마워. 일이 잘 됐어. 뚜앙 장군님, 아버지도 현재 앨리비치 호텔에 계셔. 그리고 앨리비치 호텔 회장이 옛날 아버지 부하여서 모든 얘기가 다 잘 됐어. 다낭의 비서가 곧 전화할거야."
"오케이. 라이언 수고 많았어. 다음에 MEKONG CA PHE에서 커피 한잔 살게. 시간은 3분 줄게."

"와, 3분씩이나? 댕큐. 다낭, 기다릴게."

#82. 다낭 국제공항 밖

입국장에서 밖으로 나오자 여러 대의 고급 승용차들이 대기 중이다. 다낭이 차에 오르고 다낭의 차를 앞뒤로 호위하고 호이안을 향하는 차량 행렬.

#83. 호이안으로 가는 해안 도로

차창으로 바다를 바라보는 다낭. 전화가 걸려온다.

"대표님. 앨리비치 호텔 구입 완료됐습니다. 어찌된 일인지 가격을 정상가 보다 오히려 약간 낮춰 줬습니다. 이제 앨리 비치 호텔은 다낭 대표님의 회사 MEKONG CA PHE 소유입니다."

"그래, 수고 많았다. 앞으로 MEKONG CA PHE 직원들의 휴양지가 생겼네."

#84. 후에가 머물고 있는 호이안의 앨리비치 호텔 방

누군가 노크를 한다. 후에가 문을 연다. 호텔 회장과 매니저 등이 나타난다. 앨리비치 호텔 회장이 말한다.

"후에님. 몰라 뵀습니다. 뚜앙 장군님께서는 전쟁터에서 제 생명을 구해 주셨습니다. 다행히 오늘 그 은혜를 조금이나마 갚을 수 있게 된 앨리비치 호텔의 전 회장입니다. 이제는 다낭님이 이호텔의 회장님입니다. 후에 님, 일단 이 호텔의 스위트룸으로 모시라는 뚜앙 장군 님의 말씀이 계셨습니다. 제가 직접 모시겠습니다."

회장이 앞장을 선다. 후에가 따라 나선다.

#85. 앨리비치 호텔 스위트룸

"그럼 편히 쉬십시오."

앨리비치 호텔 전 회장이 인사하고 떠난 뒤 후에는 소파 탁자 위에 놓인 뚜앙이 남긴 메모지를 들어 본다.

"후에, 다낭이 곧 도착할거야. 난 이만 가봐야겠군. 에반과 당신 의 사랑이 너무나 아름답소. 후에, 우리가 또 만날 수 있을까? 늘 건강하길. 한때 당신의 뚜앙이."

메모를 움켜쥐고 창가로 다가서는 후에. 창 밖, 뚜앙이 호텔에 서 걸어 나와 자신의 승용자로 나가간나. 창문을 여는 후에. 뚜앙 이 자동차 뒷좌석 문을 열고 올라타려는 순간 후에가 외친다.

"뚜앙!"

멈칫하고 뒤 돌아 호텔 창가의 후에를 바라보려다가 그만 두고 억지로 미소를 지으려 하는 뚜앙. 그리고 천천히 손을 들어 등 뒤 로 작별의 손길을 보낸다. 어느새 뚜앙의 눈에 눈물이 조금씩 비친다. 후에도 천천히 손을 들어 흔들며 작별의 몸짓을 한다. 다시 한 번 외치는 후에.

"뚜앙. 고마워!"

여전히 돌아보지 않은 채 말없이 고개를 끄덕이는 뚜앙. 다시 한 번 엷은 미소를 짓는다. 그리고 번쩍 손들어, 등 뒤의 후에를 향해 마지막 작별 인사를 하고 차에 천천히 올라탄다. 서서히 차가 움직인다.

#86. 앨리비치 호텔 정문

뚜앙의 차가 호텔 정문을 벗어나는 순간 다낭의 차량 행렬이 앨리비치 호텔 입구로 들어선다. 차에서 내려 호텔 정문으로 들어서는 다낭의 가는 길에 붉은 카펫과 흰 꽃잎이 깔려있다.

#87. 앨리비치 호텔 로비

정문으로 들어서자 이미 새로운 앨리비치 호텔의 주인, 다낭을 환영하는 현수막과 전 직원이 양쪽으로 도열해 큰 박수로 환영한다. 앨리비치 호텔 전 회장이 꽃다발을 안고 다낭을 향해 걸어온다.

"다낭 대표님 반갑습니다. 뚜앙 장군님은 방금 떠나셨습니다. 후에 님은 스위트룸에 계십니다. 앨리비치 호텔의 새 주인 다낭 님, 진심으로 축하드립니다."

다낭, 꽃다발을 받으며 악수를 청해 답례한다.

"감사합니다. 정이 많이 들으셨을 텐데..."
"괜찮습니다. 모든 건 결국 하늘에서 하시는 거니까요."

"감사합니다."

#88. 후에가 머무는 앨리비치 호텔 스위트룸

창가에 서있는 후에에게 다낭이 묻는다.

"엄마, 우리 아빠는 어디 계셔?"
"지금은 밤이라 잘 안 보이지만 저기 저 언덕에 계셔. 날이 밝으면 같이 가자. 그런데 갑자기 이게 무슨 일이냐?"

"엄마. 우리 회사에서 이 호텔을 샀어. 뚜앙 장군님이 도와 주셨어. 엄마. 이제 엄마는 이 스위트룸의 주인이 된 거야. 그래야.
아빠를 늘 가까이 바라보고 만나러 갈 수 있잖아. 나도 마음 편히
엄마 아빠를 생각할 수 있고. 어때? 좋지?"

"그래. 다낭. 고맙다. 난 에반을 찾고 나니까 그냥 이 근처에서
국수집이나 조그맣게 하면서 남은 날들을 보내려고 했는데 일이
커졌구나."

"엄마. 모든 건 결국 하늘에서 하시는 거니까."
"그래? 하긴... 그렇긴 하지."

제4부

글로벌 피스 21

#89. 미국 뉴욕 주 베델평원 우드스탁

칸트가 혼자 우드스탁을 산책 중이다. 걷다가 이따금 멈추기도 하고 스마트 폰으로 풍경사진을 촬영한다. 1969년 8월 15일부터 17일까지 있었던 지구촌 역사상 최대 음악아트축제 우드스탁 페스티벌을 칸트는 상상한다.

#90. 1969 우드스탁 페스티벌

1969년 우드스탁 페스티벌의 첫 무대는 '리치 하벤스'(Richie Havens, 1941-2013)였다. 원래 그의 순서가 아니었지만 연출자 '마이클 랭'(Michael Lang)이 약속했던 첫 순서의 가수가 밀려오는 인파로 인해 도착을 못하자 리치 하벤스를 올려 보낸 것이다. 리치 하벤스는 처음엔 첫 무대가 부담된다고 했으나 결국 마이클 랭의 강하고도 간곡한 요청에 의해 무대 위로 올라간다. 그리고 50만 관객과 하나가 된다. '리치 하벤스'는 예정했던 곡을 다 마쳤으나 관객의 가슴 속에서, 그들의 눈빛 속에서, 그들의 마음을 느낄 수 있었다. 그것은 좀 더 무언가를 원하는 갈망이었다.

젊은 미국인들이 월남 전쟁에서 죽어가고 있었다. 네이팜탄이 정글을 불태우고 있었다. B52 폭격기에서 소낙비처럼 폭탄을 투하하면 10미터도 넘게 땅이 파이고 있었다.

'리치 하벤스'는 그 순간 무대에서 내려가지 못하고 즉흥곡으로 FREEDOM을 연주한다. 강렬한 터짐이요 외침이었다. 티벳 승려 풍의 원피스 옷을 입은 '리치 하벤스'는 등이 흠뻑 젖은 채 그리고 마지막엔 어느새 일어나 무대 위를 어쩔 줄 모르겠다는 듯 겅중겅중 돌아다닌다.

콩가가 두드려지면서 밴드 산타나의 무대가 시작된다. EVIL WAYS였다. 이것은 올바른 사랑을 구하는 약자의 노래다. 가진 건 꿈 밖에 없고 그 꿈은 '카를로스 산타나'(Carlos Santana)의 기타 연주를 통해 뿜어져 나온다. 베델평원 위로 산타나의 기타가 비행한다. 2단 건반의 연주가 절절하다. 푸른 눈동자의 하늘이 커다란 눈망울로 이들을 지켜본다. 산타나의 일렉트릭 기타 솔로가 몸부림 같은 편지를 쓴다.

나의 집은 어둡습니다
나의 냄비는 텅 비어 춥습니다
주님, 당신이 변해야 하지 않나요

나는 기다림으로 피곤하고 지쳤고 심지어 지루합니다
마치 어릿광대 같습니다
주님, 당신이 변해야 하지 않나요

존 바에즈(Joan Baez)도 노래한다. 통기타를 통통 치면서 돈아

나는 꿈의 잎사귀들을 훑어 내리듯 기타를 긁어내리면서 존 바에즈가 노래한다. '우리는 승리합니다'(WE SHALL OVER COME)를 노래한다. 한밤중이다. 베델평원의 히피들이 여기저기서 대마초를 말기 시작한다. 가장 짙은 블루의 하늘이 50만 명 관객과 함께 존 바에즈의 노래에 귀 기울인다. 존 바에즈의 비단처럼 곱고 약자의 눈빛처럼 가늘고, 대지의 욕망처럼 세찬 고음의 노래가 문득 그 하늘 꼭대기 까지 가 닿는 모험을 도전한다. 그것은 고귀한 평화의 향기였다. 밤의 청중들이 존 바에즈의 노래를 어느새 함께 따라 부르고 있다. 그것은 천천히 밀려가는 푸른 밤의 향기, 푸른 청춘의 꿈들이었다. 밤의 새들처럼 그들은 그렇게 서늘하게 천천히 노래 부르고 있었다.

우리는 승리할 것입니다
우리는 함께 손 맞잡고 걸어갈 것입니다
우리는 두렵지 않습니다
우리는 지금 전혀 두렵지 않습니다

내 마음 속 깊이 나는 반드시 믿습니다
우리는 언젠가 반드시 승리할 것이라고

노래를 마친 존 바에즈가 '댕큐 베리마치, 바이 바이'를 하며 청중을 향해 손을 흔들고 무대에서 벗어난다. 스포트라이트가 존 바에즈를 배웅한다. 청중들이 그녀를 향해 울림 있는 박수를 친다. 존 바에즈가 기타를 들고 돌아서서 가다가 다시 뒤돌아서서 청중을 향해 마지막 인사를 한다.

C.C.R이 PROUD MARY를 연주한다. 호쾌하고 장쾌하다. 푸닥거리 같은 드럼 소리, 스튜를 끓이는 냄비에서 나는 소리 같은, 잔뜩 끓어오르는 일렉트릭 기타의 리듬, 그렇다. C.C.R 이들은 범람하고픈 미시시피 강처럼 전진한다. 시간의 리듬을 타고 희망의 언덕을 찾아 떠난다. 아니 희망의 언덕 우드스탁 대 평원의 50만 명 청중들의 젊디젊은 가슴으로 그 언덕으로 C.C.R은 무모한 혁명가들처럼, 외로운 도망자들의 하염없이 늘 막막해 왔던 무리들처럼, 그렇게 또 다시 전진하고 숨 가빠한다. C.C.R 이들은 절규하고 싶어 미칠 것 같아서 또 다시 늘 그래왔듯이, 우드스탁 밤의 무대 위에서 절규한다.

멤피스에서는 접시닦이
뉴올리언스에선 고생 좀 했지
도시란 데는 뭐가 좋은지 잘 모르겠더군

커다란 바퀴가 쉬지 않고 돌아간다네
프라우드 메리 호는 항해를 계속한다네

배 위에서 사는 사람들은
베풀길 좋아하지

덕분에 배고플 일은 없다네

커다란 바퀴가 쉬지 않고 돌아간다네
프라우드 메리 호는 항해를 계속한다네

50만 명의 주로 히피 관객들이 운집했으나 단 한 건의 사고도
없었던 우드스탁 페스티벌이 개최됐던 현장에서 칸트는 새로운
영감을 받고자 한다. '3일 간의 음악과 평화'라는 슬로건으로 진
행됐던 우드스탁 페스티벌은 반전, 반 문명의 자연회귀, 인권, 여
성해방 등 문화운동의 불꽃축제였다.

칸트의 머릿속으로 이런 장면들 또한 흘러가고 있었다. 징집
영장을 불태우는 반전운동가들, 그리고 1963년 8월 28일 워싱턴
DC 링컨 기념관 앞에 모인 25만 명 청중 앞에서 마틴 루터 킹 목
사의 명연설 '나에게는 꿈이 있습니다.' (I Have A Dream)를 기
억해 낸다.

나에게는 꿈이 있습니다.
언젠가는 조지아의 붉은 언덕 위에
예전에 노예였던 부모의 자식과 그 노예의 주인이었던
부모의 자식들이 형제애의 식탁에 함께
둘러앉는 날이 오리라는 꿈입니다.

언젠가는 불의와 억압의 열기에 신음하던
저 황폐한 미시시피 주가
자유와 평등의 오아시스가 될 것이라는 꿈입니다.

나의 네 자녀들이 피부색이 아니라
인격에 따라 평가받는 그런 나라에 살게 되는 날이
오리라는 꿈입니다.

오늘 나에게는 꿈이 있습니다.
주지사가 늘 연방 정부의 조처에 반대할 수 있다느니,
연방법의 실시를 거부한다느니 하는 말만 하는
앨라배마주가 변하여, 흑인 소년 소녀들이
백인 소년 소녀들과 손을 잡고 형제자매처럼
함께 걸어갈 수 있는 상황이 되는 꿈입니다.

오늘 나에게는 꿈이 있습니다.
어느 날 모든 계곡이 높이 솟아오르고,
모든 언덕과 산은 낮아지고, 거친 곳은 평평해지고,
굽은 곳은 곧게 펴지고, 하나님의 영광이 나타나
모든 사람이 함께 그 광경을 지켜보는 꿈입니다.

이것이 우리의 희망입니다.
이것이 내가 남부로 돌아갈 때 가지고 가는 신념입니다.

이런 신념을 가지고 있으면 우리는 절망의 산을 개척하여
희망의 돌을 찾아낼 수 있을 것입니다.

이런 희망을 가지고 있으면 우리는 이 나라의
이 소란스러운 불협화음을 형제애로 가득 찬
아름다운 음악으로 변화 시킬 수 있을 것입니다.

이런 신념이 있으면 우리는 함께 일하고 함께 기도하며
함께 투쟁하고 함께 감옥에 가며,
함께 자유를 위해 싸울 수 있을 것입니다.
우리가 언젠가 자유로워지리라는 것을 알기 때문입니다.

그 날은 하나님의 모든 자식들이
새로운 의미로 노래 부를 수 있는 날이 될 것입니다.

나의 조국은 자유의 땅, 나의 부모가 살다 죽은 땅,
개척자들의 자부심이 있는 땅,
모든 산에서 자유가 노래하게 하라.

미국이 위대한 국가가 되려면,
이것은 반드시 실현되어야 합니다.

그래서 자유가 뉴햄프셔의
거대한 언덕에서 울려 퍼지게 합시다.

자유가 뉴욕의 큰 산에서 울려 퍼지게 합시다.
자유가 펜실베니아의 앨러게니 산맥에서 울려 퍼지게 합시다.

콜로라도의 눈 덮인 로키 산맥에서도
자유가 울려 퍼지게 합시다.
캘리포니아의 굽이진 산에서도 자유가 울려 퍼지게 합시다.

조지아의 스톤 마운틴에서도 자유가 울려 퍼지게 합시다.
테네시의 룩아웃 산에서도 자유가 울려 퍼지게 합시다.

미시시피의 모든 언덕에서도 자유가 울려 퍼지게 합시다.
모든 산으로부터 자유가 울려 퍼지게 합시다.

자유가 울려 퍼지게 할 때, 모든 마을, 모든 부락,
모든 주와 도시에서 자유가 울려 퍼지게 할 때,
우리는 더 빨리 그 날을 향해 갈 수 있을 것입니다.

신의 모든 자손들, 흑인과 백인, 유태인과 이교도,
개신교도와 가톨릭 교도가 손에 손을 잡고,

옛 흑인 영가를 함께 부르는 그 날이 말입니다.

드디어 자유, 드디어 자유,
전지전능하신 하나님, 우리가 마침내 자유로워졌나이다!

#91. 뉴욕의 MEKONG CA PHE

릴리가 밝은 얼굴로 들어온다. 기다리던 칸트가 손을 번쩍 들
어 반긴다.

"릴리, 잘 지냈지? 오랜만이야."
"떠돌이 방랑자, 바람의 구두님, 마지막 보헤미안 랩소디! 안
녕?"

"오케이. 다 마음에 들어. 하하… 커피? 달콤한 거? 아님 아메리
카노?"
"오늘은 내가 이미 달콤하니까 아메리카노 연하게…"

"알았어."

고개를 끄덕이며 칸트가 주문을 하고 커피를 받아 온다. 그 사
이에 릴리는 칸트가 가져 온 기획서를 들춰 본다. 칸트가 커피 잔

을 내려놓으며 말한다.

"어때? 내가 기획한 거야."
"와, 거창해."

"이거 때문에 우드스탁 가서 텐트치고 며칠 살았다."
"우드스탁?"

"음. 1969년에 있었던 그러니까 릴리가 태어나기 전인데 전설의 음악아트 축제. 총 연출자는 마이클 랭인데 1969년에 스물다섯 살이었고 처음엔 플로리다에서 아티스트 포스터 숍했는데 친구 중 한명이 아버지 유산을 물려받았는데 당시로선 30만 불이라는 거액, 그래서 이걸 어떡할까 네 명의 친구들이 의논하다가 '마이클 랭'이 '아, 그건 음악축제를 해야 돼'하고 시작이 됐지. 그래서 우여곡절 끝에 '맥스 야스거'라는 사람의 농장이 있는 베델평원의 화이트 레이크에서 우느스탁 페스티벌이 열린 거지. 어기시 조 카커(Joe Cocker, 1944-2014) 같은 새로운 신인스타들도 나오고 기존의 스타들은 더 이미지가 좋아지고 그랬지. 기타 위에 새 한 마리 포스터 이미지도 워낙 유명하고 이때 영화 비열한 거리, 택시 드라이버, 앨리스는 여기 살지 않는다의 감독 마틴 스콜세지가 우드스탁 다큐 영화의 조감독. 아무튼 이때 예상 외로 많은 관객이 한꺼번에 미국 전역에서 밀려 와 고속도로가 마비되고, 차를 그대로 둔 채 베델평원으로 걸어오고 가수들을 헬기로 실어 나르고 등등.. 그래서 처음엔 2박 3일간의 입장료 18달러를 받으려다가 결국 포기, 무료공연을 선언. 그래서 축제는 성대했으나 주최측은 '아, 이젠 우리 꼼짝없이 망했구나. 30만 달러 날렸네.'했는데 실황음반이 불티나게 팔리고 다큐 영화는 500만 달러에 판매가 되고 전 세계 팝 음악사의 가장 획기적이고도 역사적인 이정표를 세우고야 말았던 거지. 그 이후 마이클 랭은 세계적인 음악축제의 기획연출가가 돼서 행복한 날들을 현재도 살고 있다더라. 뭐, 이런 해피엔딩이 되겠습니다."

"와, 멋지다. 하고 싶다. 가슴이 설렌다."

"그렇지? 그렇지? 그래 바로 그거야."
"그런데 왜 설렐까?"

"50만 명이 각자 다 다른 환경, 생각, 계급이었는데 그 2박 3일 동안 모든 벽이 무너져 내렸으니까 그야말로 다 같이 함께 음악과 평화를 먹고 마신 셈이지."
"위대한 소통, 아름다운 하나 되기."

"그렇지. 헤겔이 얘기한 '음악은 한 순간에 무대와 객석을 하나되게 한다. 동시에 물질의 세계를 벗어나게 한다. 그리고 좀 더나아가 음악자체를 벗어나 내면의 세계를 날게 한다.'라고 말한것 같은 시공간을 뛰어 넘는 고차원의 경지를 체험했던 거지."
"아, 나도 하고 싶다."

"뭘? 뭘 하고 싶다고?"

"또, 또, 또.. 지저분해 지려고 한다."

"농담. 그래서 릴리와 내가 같이 하자고. 이 기획서 안에는 뭐가 들어갔냐 하면 철학자 임마누엘 칸트의 '영구평화'와 예수의 '네 이웃을 사랑하라' 같은 평화의 맥락에서 그리고 그 이야기를 음악축제로 실험하고 함께 나눠 먹은 우드스탁에서 영감을 받아서, 그리고 이제 릴리의 사진전 '코끼리와 커피 그리고 칸트- 레인 댄스'도 그 밑바탕은 평화를 누리고 나누자는 거니까, 릴리의 21개 도시 사진전이 다 끝나면 그 최종 마무리로 '글로벌 피스 21' 콘서트를 하자는 거지. 그런데 이게 좀 거창한 글로벌 콘서트야. 릴리의 사진전을 했던 21개 도시의 주요 의미 있는 공연장에서 그 도시의 아티스트들과 또 세계의 많은 아티스트들이 함께 참여하는 무대를 만드는 데, 그걸 21개 도시 동시 전 세계 생중계 라이브 콘서트로 가는 거야. 그래서 어디서는 낮에, 어디서는 밤에, 어니서는 새벽에, 어디시는 아침에 콘서트를 하고 그걸 동시에 전 세계인들이 즐기는 거지. 유투브 상에 스물한개의 화면을 띄우는 거지."

"와, 입이 안 다물어지네."

"그래서 국경과 피부색과 계급과 빈부차이, 종교, 남녀노소의 경계를 모두 뛰어넘어 우리가 서로의 사랑스러움을 회복하고 평화를 추구하는 인간임을 재인식하고 함께 증명해 내는 콘서트가 될 거야. 그리고 동시 콘서트하면서 기부를 받아서 '아기 코끼리 한 마리 구하기 재단'에서 그 기금으로 아픈데도 노동을 하고, 서커스에 동원되고, 아기 때 파잔 의식의 고통을 당하는 코끼리들을 구해내서 코끼리 보호센터에서 평화롭게 살게 하는 거지. 또 한편으로는 학교가 필요한 곳, 우물이 필요한 곳에도 유엔의 유니세프를 통해서 기부를 해야겠지."

릴리가 박수를 치고 환호한다.

"좋아. 우물을 파주고 학교를 지어주고, 거기다 코끼리를 구해주면 사랑의 범위, 평화의 범위가 넓어지겠지."
"그렇지. 그래서 콘서트 무대에서 관객의 가슴에 내리고 쏟아지는 가수들의 노래, 그 음표들이 사랑의 씨앗, 평화의 씨앗, 자유의 씨앗이 되어 사람들 가슴 속에서 천천히 사랑의 꽃으로 피어나고 평화의 숲으로 우거지고, 자유의 새들로 날아 오를 거야! 그리고 21개 도시 동시 생중계 피스 콘서트의 주 무대는 호치민 광장이 될 거야. 어때? 좋지?"

"음. 너무 좋아. 칸트는 칸트란 이름을 좀 더 써도 되겠어."
"그럼 나, 상으로 키스 해 줄래?"

"미안, 가서 거울에다 입 맞추길 바래. 그게 평화롭겠지."
"내가 릴리라면 칸트에게 키스해 줄 것 같은데?"

"글쎄... 너무 보채지도 실망도 하지 마. 어쩌면 모든 공연이 성공적으로 다 끝날 때 호치민 광장 무대 위에서 해 줄지도... 아무튼 도적처럼 그날이, 그 순간이 올지도 모르겠고.. 대충 지금은 그런 심정이라네."

"와, 기다림의 고문, 하지만 행복한 고통이 시작됐네. 좋아. 기대할 게. 릴리."

#92. 양평, 권혜주의 별장

잔디밭에 햇살이 밝다. 권혜주와 칸트가 산책하며 이야기한다.

"누나, 사업은 잘 되지?"

"늘 새로운 도전이지. 그런데 칸트, 너 말이야. 이 누나를 이렇게 지나치게 행복하게 해도 돼? 이 귀여운 방랑자야."

"어라? 이건 또 무슨 시추에이션이야. 귀엽다고? 지나가던 강아지가 웃겠네. 누나 그냥 평소대로 해. 나한테 왜 이래? 왜 이렇게 살갑게 대해? 오히려 불안이 증폭돼. 그래. 그냥 평소처럼 아이구 이 웬수야. 이게 나한텐 익숙하고 편하다니까..."

권혜주, 기분 좋은 표정으로 고개를 살레살레 흔들며 말한다.

"아냐. 오늘은 도저히 그럴 수가 없다. 내가 참 너 많이 미워했지만 그게 다 사랑하니까 그랬다는 건 너도 어느 정도는 느꼈을 거고.. 아무튼 너 대단해. 난 네가 한 건 할 줄 알았어. 해 낼 줄 알았다고... 야호... 야, 우리 뭐 먹으러갈까? 누나가 한턱 쏠게. 아주 시원하게 쏜다. 너 원하는 거 다 사줄게. 와 기분 좋아."

"나.. 이거 참.. 뭐가 뭔지 도대체 모르겠네. 간만에 한국에 와서 좀 편안히 쉴까 했더니 우리 누님이 살짝 맛이 갔네. 누나 무슨 일 있어? 나한테 의논을 해. 의논을.. 아무렴 팔이 안으로 굽지 밖으로 굽겠어? 말해. 지금 무슨 혼란스러운 일이 있는데 겉으로 태연한 척하면서 속으론 질질 짜는 거 아냐? 맞지. 오, 그래 그게 맞을 것 같다. 누나..."

진지한 눈빛으로 혜주를 바라보는 동생. 그런 동생의 두 볼을 두 손으로 잡아 당기고 흔드는 혜주.

"아, 아니다. 미안, 내가 이러면 안 돼지. 이제 내 동생이기 이전에 공인이고 세계적 스타가 될 사람인데. 호호..."

"나 이거 참 돌겠네. 왜 이래 누나. 농담도 심하면 열 받아. 내가 이래서 한국을 오려면 참 몇날 며칠을 참담한 심정으로 고민을 한다고 고민을..."

"아유, 요게요게 아주 시치미를 뚝 딴다. 뚝 따! 시치미 대장! 좋아. 앞으로 대 스타가 되려면 그런 겸손이 필요하지. 겸손이야

말로 메이크업의 마지막 완성이니까."

칸트 더욱 궁금해 한다.

"아, 얘길 해 보라니까. 뭔데? 왜 그래? 누나."

권혜주가 주머니에서 다낭이 보내 온 편지 한 장을 꺼낸다.

"짠! 그래 바로 이거야. 내가 비밀리에, 하긴 넌 알고 싶어하지도 않았겠지만... 이 누나가 베트남 커피 브랜드 MECONG CA PHE 한국 프랜차이즈를 진행했는데 얼마 전에 계약이 성사 됐어. 너도 알거야. MEKONG CA PHE에는 영혼이 있어. 자, 그런데더 기가 막힌 건 이제 막 오픈을 앞두고 MEKONG CA PHE 본사 대표인 다낭이 이 편지를 보내 온 거야."

놀랍다는 듯 칸트가 묻는다.

"다낭? 메콩 카페?"
"오, 그래. 이제 좀 뭔가 감이 오나 보네?"

"아, 이거 참 세상 좁다. 정말 신비감 다 떨어진다. 뚝뚝 떨어져.... 누나가? 정말야? 한국 프랜차이즈 사업을 한다고?"
"그래. 그렇다니까. 다낭 대표는 너무 멋진 여자야. 그런데, 자 이 편지에 뭐라고 돼 있냐하면은 칸트라는 한국 남자를 MEKONG CA PHE의 한국 홍보 모델로 추천한다는 거야. 야호! 바로 너를 말이야. 그래서 반응이 좋으면 베트남, 미국, 필리핀에서도 홍보 모델 추천을 하겠다는 거야."

"아, 누나 그건 안 돼."

이번엔 권혜주가 놀란 눈치다.

"아이쿠 내가 너 그럴 줄 알았다. 니가 무슨 서태지냐 신비주의로 가겠다는 거야? 뭐야? 물들어 왔을 때 노저으라고 이효리가 한 명언도 몰라? 그게 장땡이야. 이래서 안 되고 저래서 안 되고 뭐 빼고 뭐 빼고 남는 게 없는 법이야. 자, 그럼 그 이유나 들어 보자. 왜 안 돼? 뭐가 안 돼? 응? 여기 칸트, 너의 사진도 여러 장 보내 왔는데 아, 작품 좋아요. 사진 빨 좀 받네. 우리 칸트가. 야, 난 칸트가 '코끼리와 커피 그리고 칸트- RAIN DANCE' 사진전에 얼굴이 나올 줄은 꿈에도 상상 못했네. 더구나 사진전 할 때 난 캄보디아 사업 때문에 프놈펜 가 있었잖아. 야, 7개국에 사업을 벌려 놓으니까 쉴 새가 없다. 어떻게 정리하고 선택과 집중 좀 해야겠다. 아무튼 칸트, 다낭 대표는 나만 오케이하면 자기는 이미 좋대. 물론 초상권이 살벌한 세상, 너의 허락을 받아야겠지만 너도 굳이 안 할 필요가 없고 내가 너, 세계적인 모델로 팍팍 키워 줄 게. 호호..."

"아, 아, 아... 나 잘 모르겠네. 아무튼. 야, 이거 참, 그래 누나 일단 누나 사업 도움 된다면 해야겠지. 그래야겠지. 자, 아무튼 릴리에게 전화부터 해야겠다."

"릴리? 릴리는 또 누구야? 닐리리?"

권혜주 노래를 부른다.

"닐리리야 닐리리야~ 니나노 난실로 내가 돌아간다~ 닐~ 닐리리 닐리리야~.. 와 기분 좋다."
"누나 웃기지마 릴리에다 왜 닐리리를 붙여?"

"어머 너 잘 몰라서 그래. 닐리리가 얼마나 좋은 말인데."

#93. 호치민늘 잦은 칸트

칸트, 탄손누트 공항을 걸어 나온다. 택시 타는 칸트, 호치민 시에 도착한 칸트 리버 사이드 호텔에 체크 인 한다. 호텔 방에서 창밖으로 흘러가는 사이공 강을 바라본다.

MEKONG CA PHE에서 커피 마시는 칸트. MEKONG CA PHE를 나와 사이공 강변을 산책한다. 호치민 동상이 있는 광장을 찾은 칸트. 호치민 동상을 배경으로 셀카를 찍는다. 호치민 거리를 쏘다닌다. 왁자지껄한 벤탄 시장엘 간다. 거리의 노점에서 '짜까'를 사 먹는다.

#94. 호치민 현대 미술관

칸트, 전시된 그림들을 본다. 미술관 2층으로 올라가자 초상화를 그려 주는 여자 화가가 있다. 초상화 한 장에 베트남 돈 25만 동이라고 쓰여 진 종이 안내판이 있다. 그것을 본 칸트가 화가 앞 의자에 앉는다. 칸트가 말한다.

"부탁합니다."

여자 초상화가가 고개를 끄덕이더니 칸트의 초상화를 그려주는 데 발가락 사이에 크레파스를 끼운 채로 칸트와 도화지를 번갈아 바라보며 그림을 그려 나가기 시작한다. 칸트는 그녀의 경이로운 모습을 지켜보고 있다. 마침 허름하고 낡은 기타가 옆에 놓여있다. 칸트가 기타를 들고 가만가만 노래하기 시작한다. 미술관 복도에 기타소리가 울려 퍼지고 칸트의 목소리가 빛처럼 흘러다닌다.

난 널 생각해 난 널 생각해

난 널 음음음 난 널 음음음

난 널 못 잊어 난 널 못 잊어
난 널 음음음 나 널 음음음

아침부터 밤까지 하루 종일 생각해
이렇게 비가 내리는 날이면 더 그래

난 널 사랑해 난 널 사랑해
난 널 음음음 난 널 음음음

화가의 입가에 엷은 미소가 흐른다. 지나가던 관객들이 잠시 둘러서서 그림 그리는 화가와 칸트를 바라본다. 누군가는 그 풍경을 사진 찍는다. 그림을 거의 다 그려 나갈 즈음 릴리가 복도를 돌아 칸트가 있는 곳으로 나타난다. 칸트의 초상화를 다 그린 화가 트란이 웃으며 칸트를 바라본다. 칸트가 기타를 놓으며 말한다.

"감사합니다."

의자에 앉아있던 칸트가 일어난다. 릴리가 다가온다.

"칸트."

"릴리, 기다리다 시간이 남았어."
"잘했어."

그림을 받아든 칸트와 릴리가 전시장을 함께 둘러본다. 전쟁의
상처를 그린 그림들이 많았다.

#95. 호치민 통일궁 노천카페

이제는 관광객들을 위한 공간 통일궁이 된 지난 날 대통령궁의
노천카페에 릴리와 칸트가 앉아 얘기한다. 릴리가 말한다.

"아까 그린 그림 좀 줘 봐."

칸트가 자신의 초상화를 내민다.

"와, 좋다. 이 초상화 너무 좋아. 호호..."

릴리가 오른 손 엄지손가락을 추켜세워 보인다.

"고마워. 화가가 굉장히 진지했어. 그래서 좋았어."
"월남 전쟁 때 두 팔을 잃었어. 그래서 발가락 사이에 크레파스
를 끼고 초상화를 그려. 호치민에서는 아주 유명한 화가야."

"마음이 너무 아프다."

"그래. 어떡하지? 세상엔 불행이 너무 많아."

"맞아. 밥 딜런도 무명시절 뉴욕 그리니치빌리지에서 춥고 배고플 때 뉴욕 시립도서관엘 매일 갔대. 그래서 거기서 신문을 봤다. 주로 1차 대전, 2차 대전 시절의 신문을... 그러면서 내린 결론이 이 세상엔 너무 많은 전쟁이 있었다였지. 그래서 흑인 영가에서 영감을 얻은 노래 Blowin' in the wind를 발표했지. 통기타 하나, 하모니카 하나, 목소리 하나로만 넌지시 평화를 선언했지 칸트가 시 낭송하듯 노래한다.

얼마나 먼 길을 걸어야만 비로소 참된 인간이 될까?
얼마나 많은 바다를 날아야만 새하얀 비둘기 쉴 수 있나?
얼마나 많은 포탄이 날아야만 더 이상 전쟁이 없어질까?

오, 내 친구야
그 대답은 저 부는 바람에
바람만이 알고 있지

노천카페 주변 나무와 잔디밭과 꽃잎 위에 햇살이 쏟아진다.

213

#96. 호치민 통일궁

릴리와 칸트가 대통령궁을 향해 걸어간다. 분수가 솟구쳐 오르고 있다. 하늘에서 내려다보면 한자의 길(吉)자 모양으로 지어진 대통령궁의 드넓은 회의실, 접견실, 만찬장, 영화관 등을 둘러보는 릴리와 칸트, 대통령 서재를 둘러보고 마침내 대통령 집무실 바로 옆, 그 예전의 미 군사고문단장실에 당도한 릴리와 칸트.

릴리가 두 눈을 감고 두 손 모아 기도를 올린다. 복원해 놓은 미 군사고문단장실에는 여러 장의 베트남 지도와 여러 대의 다이얼 식 검정빛깔 전화기, 검박한 나무테이블과 의자 등이 배치돼 있었다. 그 예전 에반 윌리암스 단장이 내다보던 창 밖 대통령궁 마당에 커다랗고 키 큰 나무에 흰 꽃잎들이 무성히 피어나고 있었다.

기도를 마친 릴리는 다시 앞장서서 헬기 착륙장이 보이는 곳으로 걸어간다. 칸트가 함께 따라 간다. 그 예전 마지막 헬기가 떠올랐던 널찍한 옥상에는 헬리콥터 한 대가 햇살 속에서 반짝이고 있었다. 칸트가 릴리의 옆모습을 바라본다. 릴리가 독백처럼 이야기 한다.

"칸트 난 할아버지가 보고 싶으면 이곳에 와."
"할아버지?"

말없이 릴리가 고개를 끄덕인다.

"아까 미 군사고문단장실에서 기도 올렸잖아."
"그랬지."

"이유가 있어."
"무슨 이유?"

"1975년 4월 30일 마지막 헬기로 탈출할 때 할아버지는 헬기
를 안 타셨어. 자리가 없었어. 대신 할머니를 타게 하셨어."
"그럼 할아버지가?"

다시 고개를 끄덕이며 릴리가 말한다.

"음. 그래. 릴리의 할아버지는 미 군사고문단장이셨어. 미 육군
에반 윌리암스 소장님."

이제야 알겠다는 듯 칸트가 고개를 끄덕인다. 그리고 릴리에게
말한다.

"릴리. 말해 줘서 고마워."
"여기 같이 와 줘서 고마워."

칸트가 릴리의 손을 잡는다. 릴리, 말없이 다시 옥상 위 헬기를 바라본다.

#97. 메콩 강 가는 유람선

릴리와 칸트가 메콩 강으로 가는 유람선을 탄다. 오고감에 있어서 하루 종일이 걸리는 길 다면 긴 여행이다. 릴리는 칸트에게 어제 대통령궁을 다녀오며 메콩 강에 가보고 싶다고 했다. 칸트 역시 아직 한 번도 못 가 본 메콩 강이 보고 싶었다. 이들은 아침 일찍 출발하는 유람선을 탔다.

해가 떠오르고 있었다. 잠들었던 호치민시가 깨어나고 있었다. 다시 오토바이들이 재빠른 속도로 달려가고 있었다. 강물은 다시 햇빛의 입맞춤으로 깨어나고, 빛나고 살그머니 몸을 떨고 있었다. 강물은 베트남의 비단결 같았다. 강물은 베트남의 마음처럼 깊었다. 그 강물 위로 릴리와 칸트를 태운 유람선이 다른 관광객들과 함께 메콩 강을 향하고 있었다.

강바람이 서늘하면서도 따스했다. 릴리의 뺨과 칸트의 가슴을 스쳐 호치민시의 또 다른 누군가를 향해 불어간다. 릴리와 칸트는 뱃전에 기대어 강바람 속에서 아침 햇살 속에서 커피를 마시며 이야기를 나눈다. 커피를 한 모금 마신 릴리가 입술을 연다.

"칸트, 아직 아침 식사 안했잖아?"

"괜찮아. 릴리. 배가 좀 고픈듯하면 바람도 사랑도, 강물도 햇살도, 릴리도 더 소중하게 더 귀하게, 더 살갑게 더 감각적으로 마음으로 영혼으로 감촉할 수 있게 되니까. 헝그리 정신의 좋은 점이 바로 그런데 있는 거지. 음악가들도 가난할 때 좋은 작곡이 나오잖아. 모차르트는 장작 살 돈이 없어서 한 겨울 텅 빈 벽난로 앞에서 부인의 손을 잡고 춤을 추었대. 그래서 몸이 따뜻해지고 다시 얼었던 손가락이 풀리면 다시 악보를 그릴 수 있었대."

"너무 아름다운 얘기야. 하지만 너무 배고프면 안 돼. 칸트."

릴리는 칸트를 불러 놓고 잠시 침묵한다.

"말해 봐, 릴리."

칸트가 릴리의 말을 기다린다. 강바람 속에서 릴리의 머릿결이 흩날린다. 그 모습은 마치 대통령궁의 흰 꽃잎들 같았다. 그 꽃들이 왜 피어나는지? 그 꽃들을 흔들고 가는 바람이 왜 불어 가는지? 누군가 답하고 말할 수 있을까? 그 절벽보다 더 아득한 질문 앞에서 인간은 여전히 침묵해 왔고, 침묵이라는 그 절벽 앞에서 인간은 조금씩 손톱으로, 발톱으로 또 다시 이게 뭐지? 이게 뭐지? 하고 피땀눈물로 그리고 머리와 가슴과 배짱으로 또 다시 기어오르는 중이었다. 릴리가 다시 입술을 연다.

"칸트. 난 이제 좀 알 것 같아."

"뭐지? 말해 봐. 릴리."

"내가 코끼리에, 커피에 집착했던 까닭을 이제야 조금은 알 것 만 같다."

"그게 뭐지?"

"음, 그건 코끼리에게서 나도 모르게 할아버지를 찾고 아버지 를 찾았던 것 같아. 무의식적으로 그랬을 거야. 코끼리의 고통이 할아버지의 죽음과 그로인한 상실, 그 잃어버린 생명과 삶, 영혼 의 이야기, 어떤 사랑 같은 것들이 내 마음 속에서 겹쳐졌던 것 같아."

"음, 무슨 얘긴지 느낄 수 있을 것 같다."

"그리고 커피가 잠시 그 고통에서 벗어나게 하는 평화의 나무 의자 같아. 평화의 미소 같아. 칸트는 언제 평화를 느껴?"

릴리의 질문에 잠시 머뭇거리던 칸트가 답한다.

"이런 얘기해도 되나? 난 머그잔에서."

"머그잔?"

"음, 머그잔이 난 너무 좋아."

"다행이야. 위스키 잔이 아니라서. 훗훗... 이건 농담. 아무튼 그게 무슨 말이야? 설마 아무도 없는데서 머그잔을 향해 윙크하고 사랑을 고백하고 그러는 거 아니지? 머그잔과 설마 섹스 하는 건 아니지?"

"하하.. 릴리, 웃기지 마. 하하... 그런 완벽한 변태가 되기엔 난 소질이 없어. 하하... "
"그럼 말해 봐. 머그잔이 왜 좋은지? 뭐가 그렇게 좋은지?"

"난 머그잔만 보면 가장 마음이 편안해 와. 그 부드러운 머그잔 촉감과 어딘가 묵직한 듯 한 안정감 그래서 머그잔 쥔 손이 갑자기 부자가 된 듯싶은, 머그잔이 주는 두툼한 양감(量感) 그리고 거기에 뜨거운 커피가 듬뿍 담겼을 때의 뜨겁게 전해져 오는 온기 그리고 머그잔 손잡이는 귀를 닮지 않았나? 그래서 무언가 내 마음의 이야기를, 내 영혼의 소리를 귀 기울여 들어주는 뭘 좀 아는 친구 같아. 그리고 또 뭐가 있을까? 머ㄴ잔의 좋은 점이?"
"얘길 듣다보니 머그잔은 마치 코끼리 같네."

"그래. 맞아. 하얀 머그잔은 커다란 귀를 가진 하얀 코끼리야, 하하.. 와! 그거 멋지다."
"와, 나 지금 갑자기 질투가 나."

"왜? 갑자기?"

"머그잔을 칸트가 나보다 더 좋아하잖아. 칫..."

"아냐. 그럴 리가 있어. 릴리는 나의 여신이야."

"별로 감동이 안 오는 걸? 됐네. 이 사람아. 나한테 대해서는 그런 칭찬을 단 한 번도 안 해 주더니 이젠 그냥 막 머그잔하고 연애나 하는 놈이네. 저리가."

"하하.. 릴리, 릴리는 내가 아는 우주의 유일한 열쇠야. 난 릴리를 통해서만 우주의 생명, 세상의 신비로움을 만날 수 있는 거라고."

"괜히 할 말이 없으니까 어렵게 둘러대지 마. 그 속을 내가 모를 줄 알고? 흥..."

"야, 이거 미치겠네. 내가 살다 살다 머그잔에 질투하는 여자는 처음 봤네."

"어쭈, 머그잔 때문에 질투하는 여자를 처음 봤다고? 오, 그거야말로 참 대담무쌍한 발언이네. 오, 그러니까 그 전에 봤던 여자들은 머그잔에 단 한 번도 질투를 안 했는데, 이 릴리라는 여자만 머그잔에 질투를 한다. 그래서 참 뭐 이런 개 또라이 미친년을 봤나. 이렇게 놀라고 있다? 이거지? 맞지? 어때? 할 말이 없지? 속마음을 들켰지? 그 들킨 소감이 어때서? 칸트씨."

"하하.. 질투? 농담? 농담이라 생각해."

"농담 아냐, 질투 아냐. 진담이야. 누군지 모르지만 그 동안 칸트가 만나고 사랑하고 호텔가고 여행가고 했던 모든 여자들에 대해서 하나도 남김없이 질투해. 오, 그래서 그 여자들과는 어느 나라 어느 강의 유람선을 타셨나? 뉴욕의 허드슨 강? 멤피스의 미시시피 강? 서울의 한강? 브라질의 아마존 강? 중국의 황하 강? 일본 아이치 현의 시나노 강? 프랑스의 세느 강? 영국의 템즈 강? 인도의 갠지스 강? 터키와 이라크를 걸쳐 흐르는 티그리스 강? 아프리카의 나일 강? 어때? 말해 보라고 말해 봐."

"릴리. 릴리는 내가 아는 유일한 강물이야. 그 강물은 사랑이라는 말로는 다 표현할 수 없는, 사랑이란 말로는 너무 부족한 지나친 아름다움으로 흐르는 거대한 사랑의 눈물? 그래 사랑의 눈물로 빛나는 릴리라는 강물이라 생각해. 난 릴리를 생각하면 사막에 내리는 첫 빗방울을 받아먹는 혓바닥 같아. 그래 예전에,.... 다른 여자들 만난 적 있어."

"오, 이젠 슬슬 연애 담을 꺼내기 시작하네. 많이 대단하네. 릴리는 한가롭게 그 따위 얘기를 들어줄 대범함이 없다네. 그렇지 자랑할 게 그딴 거 밖에 없겠지. 하지만 좋아. 그래 기왕 벌어진 상황, 그래. 계속해 봐. 계속해..."

"얘기하지. 못할 것도 없지. 봐봐. 릴리. 그 전에 만났던 여자들은 나를 사막으로 만들곤 했어. 생각만 해도 그리워서 목이 타고 애가 탔어. 그런데 릴리는 신비롭게도 정 반대야. 생각만 해도 릴리는 릴리라고 말하는 그 순간에 이미 난 촉촉해지고 릴리라는 성스러운 강물을 두 손으로 떠서 움켜쥐고 타는 목을 적시는 것 같아."

"음... 이제 보니 나를 무슨 24시간 편의점 자그마한 생수 한 병으로 보는 것 같군. 하지만 나쁘진 않네. 호호..."

"아, 이제 웃네. 하하... 아 진땀 뺏다."

"더 빼게 하려다 말았다. 내가 봐 준 거야. 릴리는 착하고 예쁘니까."

"그럼 칸트는?"

"칸트는 사기꾼, 악마, 카사노바, 훗훗..."

"알았어. 그렇게 되지 말라는 경고의 조언이라 생각하고 받아들일게."

"좋아. 그럼 이번에 또 하나의 새로운 질문!"

"겁난다. 릴리."

"칸트는 어떨 때 여자가 섹시해?"

"음... 이거 어쩐지 으스스하다. 유도심문 아닌가 싶어."

"아잉.. 얘기해 줘. 얘기 해 봐. 재밌을 것 같아. 솔직히 궁금도하고... 호호..."

"좋아. 에라 모르겠다. 인간에겐 왠지 이렇게 참을 수 없는 존재의 가벼움 같은 고백욕구가 있다니까. 자, 릴리 내가 여자에게서 섹시함을 느낄 때는 그때그때 달라. 얼마 전 서울에서 느낀 건데 아니 봤다고 하는 게 낫겠다. 서울 지하철 안에서 어떤 여자가 김밥을 먹는 거야. 나이는 30대 초? 중반, 때는 오전 10시쯤이었는데 아마도 뭔가 급히 나오느라 아침을 못 먹고 나온 것 같아. 그래서 김밥을 아주 맛있게 게걸스럽지 않게 너무 편안하게 주위 의식도 살짝살짝 하면서 김밥을 먹는데 오, 난 그 여자가 무척 편안한 섹시함으로 여겨졌어. 그러더니 김밥을 다 먹고 나서는 핸드백에서 베지밀 음료를 꺼내 또 마시는 거야 그런 것들이 다 그날따라 왠지 섹시했어. 그리고 베지밀을 다 먹고 나더니 이번엔 여유롭게 스마트 폰을 하면서 입맛을 다시는 거야 근데 그게 너무 자연스러웠어. 그게 좀 안 이쁠 수도 있는 풍경인데 말이야."

"호호.. 살짝 변태는 변태 같기도 하다.

"왜? 이건 질투 안 나?"

"음, 뭐 그런대로. 호호... 알았어. 나중에 서울 가면 내가 한번 김밥에다 베지밀? 그거 한 병 사 갖고 오전 10시의 서울 지하철에서 릴리의 섹시 퍼포먼스 한 번 보여줄게. 진작 서울에서 부탁을 하지. 왜 그랬어?"

"하하.. 릴리. 우리 와인 한 잔 할까?"

"아침부터?"

"그렇지. 아침부터 와인 한 병. 아침부터 그리운 그대, 릴리와 함께 와인 한잔 때려 보자."

"오, 좋아. 너무 좋아. 호호... 나도 아침부터 그대, 칸트와 함께 와인 한번 때려보자."

메콩 강을 향하는 유람선의 마스트에서 나부끼는 빨간 바탕에 노란별이 커다랗게 그려진 베트남 국기가 사이공 강의 바람에 펄럭이고 있었다. 그 펄럭임 속에서 자유와 독립과 푸르름과 자주와 행복과 인권이라는 새들이 날아오르고 있었고, 갇혀있던 모든 새들을 날아오르게 하려는 호치민의 손길과 가슴이 느껴져 왔다. 그리고 그 새들이 날아가는 방향을 바라보는 애국, 애족, 애민의 베트남의 누구나 모두가 '호 아저씨'라 친근하게 부르는 가장 존경 받는 베트남 최고의 인물 호치민의 시선 또한 전해져 왔다.

#98. 메콩 강 도착

유람선이 메콩 강에 도착하자 문득 릴리가 칸트를 위해, 메콩 강을 위해, 베트남을 위해, 영원한 사랑과 평화의 날들을 소망하기 위해 바람의 리듬을 타고 바람이 되어 금세라도 하늘로 날아가 버릴 것처럼, 수평선 너머로 사라져 버려 다시는 돌아오지 않을 것처럼, 칸트를 바라보며 춤추기 시작했다. 유람선을 함께 타고 온 사람들이 너나 할 것 없이 릴리의 춤을 보며 박수와 환호성을 보냈다.

#99. 메콩 강에서 호치민으로 돌아오는 유람선

유람선 안의 릴리와 칸트. 고단한 듯 릴리가 칸트의 무릎을 베고 잠들어 있다. 저녁노을 빛이 릴리의 젊음을 비추고 물들이고 있었다. 칸트는 행여나 릴리가 깰세라 사랑스런 목소리로 자장가를 흥얼거린다.

엄마가 섬 그늘에 굴 따러 가면
아기가 혼자 남아 집을 보지요

바다가 불러주는 자장노래에
팔 베고 스르르르 잠이 듭니다

아기는 잠을 곤히 자고 있지만
갈매기 울음소리 맘이 설레어

다 못 찬 굴 바구니 머리에 이고
엄마는 모래 길을 달려옵니다

어느새 눈을 뜬 릴리가 칸트를 올려다보며 묻는다.

"무슨 노래야?"

"자장가. 한국 동요. 섬 집 아기."

"음... "

릴리가 고개를 끄덕인다.

"그럼 내가 지금 애기야?"

"누구나 잠잘 때는 아기지. 김정은도 트럼프도 비욘세도 에미넴도 BTS도."

"음... 그렇구나."

릴리가 칸트의 두 눈을 바라보며 말한다.

"고마워."

"뭐가?"

"나 꼭 한번 해 보고 싶었어."

"뭘?"

"이렇게 남자 무릎 베고 잠드는 거... 그리고..."

"그리고?"

"사실은 그러면서 자장가 불러주는 것도 듣고 싶었어. 엄마는 늘 너무 바빴거든. 그리고 아빠는 내가 태어나기도 전에 엄마와 헤어졌으니까... 난 아빠 자장가도 못 들었고.. 그런데 오늘 그 두 가지 소원을 다 풀었네. 그래서 고맙다고. 호호..."

"고마워. 릴리 나도 여자가 내 무릎 베고 잠자는 거 보고 싶었거든 그러면서 머리카락 쓰다듬어 주고 싶었거든..."

"뭐? 그럼 나 잠 들었을 때 머리카락 쓰다듬었어? 그건 아니지, 반칙이지. 왜 내 허락도 없이 남의 머리카락을...."

"속마음은 그게 아니지? 릴리, 그렇게 안 해 줬을까봐 떨고 있지?"

"호호.. 그래 맞아. 어떻게 내 마음을 그렇게 잘 알지? 호호... 칸트, 나 안아 줘."

칸트가 고개와 허리를 숙여 릴리에게 키스한다.

#100. 베트남 고엽제 피해자들을 위한 보호소

릴리와 칸트가 베트남 고엽제 피해자들을 위한 보호소로 들어서자 고엽제 피해자들을 돕는 사람들과 고엽제 피해자들이 두 사람을 맞이한다. 마침 대한민국 고엽제 전우회 베트남 지부장이자 베트남 한국국제문화교류센터의 서철재 회장이 고엽제 피해자들을 위문하는 중이었다. 서철재 회장은 고엽제 피해자들을 일일이 안아주고 있었다. 안내자가 서철재 회장에게 그리고 베트남 측 고엽제 피해자를 위한 모임의 회장에게 릴리와 칸트를 소개한다.

"회장님. 이 분들은 얼마 전 이곳을 방문하고 싶다고 요청했던 분들입니다. 이 분은 릴리 씨. 사진작가입니다. 그리고 이분은, 칸트 씨. 이번에 추진하는 글로벌 피스 21 콘서트 기획자입니다. 그리고 여기 이 분은 서철재 회장님이십니다."
"안녕하세요?"

릴리가 인사한다. 칸트도 인사한다.

"안녕하세요?"

큰 키에 노익장을 과시하듯 형형한 눈빛의 서철재 회장이 두 사람과 반갑게 악수를 나눈다. 칸트가 말한다.

"글로벌 피스 21 콘서트를 개최하려고 추진 중입니다. 그래서 최근 호치민 전쟁기념관에 갔다가 고엽제 피해자들이 유난히 마음에 걸렸습니다. 그래서 글로벌 피스 21 콘서트 이후의 수익금과 평화기부금을 고엽제 피해자들을 위한 단체에 기부하고 싶어서 오늘 이렇게 미리 이곳을 찾았습니다."

서철재 회장이 답한다.

"아, 정말 좋은 일, 큰일을 기획하는 군요. 그래요. 필요한 게 있으면 다 돕겠습니다. 감사합니다. 베트남 고엽제 피해자 450만명, 한국 고엽제 피해자 17만 3천명, 그들에게 큰 위로와 용기를 줄 수 있길 바랍니다."

릴리가 답한다.

"오늘 뜻밖에도 회장님을 뵙게 된 게 우연이 아니라 하늘의 뜻이라고 생각합니다. 감사합니다."
"두분 모두 감사합니다."

서철재 회장이 다시 두툼한 손으로 칸트와 릴리의 어깨를 격려한다.

릴리와 칸트가 이번엔 서철재 회장을 도와 베트남 고엽제 피해 어린이들을 위해 봉사한다. TV 카메라 기자가 이런 모습들을 촬영한다.

#101. 호이안 앨리비치 호텔, 후에의 숙소

후에가 베트남 국영 TV 방송국 VTV 1을 시청한다. 마침 서철재 회장, 릴리와 칸트가 고엽제 피해자들을 위한 봉사활동 장면이 방영되고 있다. 기자가 칸트에게 묻는다.

"오늘 이곳을 방문한 목적은 어떤 건가요?"

"네, 얼마 전 베트남 전쟁 때 두 팔을 잃고 발가락 사이에 크레파스를 끼워 저의 초상화를 그려 준 호치민의 여류 화가 '트란'을 만났습니다. 마음이 아팠습니다. 마침 세계 21개 도시 동시 라이브 콘서트를 추진하던 중이어서 전쟁 피해자들을 위해 바로 해야 할 일이라 생각돼서 이렇게 고엽제 피해자 분들을 찾아 왔습니다. 글로벌 피스 21은 현재 전설의 우스스탁 페스티벌에 참여했던 가수들, 존 바에즈, C.C.R의 톰 포거티, 크로스비 스틸즈 내쉬 앤 영, 멜라니 사프카, 산타나 같은 가수들과 에미루 해리스, 마크 노플러, 셰릴 크로우, 에릭 클랩튼, 닐 영 같은 가수들부터 먼저 출연 요청을 추진해 나가고 있습니다. 그리고 베트남 콘서트는 호치민 광장에서 개최할 예정이고, 호치민 광장이 이번 글로벌 피스 21 콘서트의 메인 무대가 될 것입니다. 따라서 베트남의 위대한 사랑과 영혼의 가수들 또한 당연히 초대를 드리고 있는 중입니다."

후에가 칸트의 인터뷰 화면을 바라보다가 다낭에게 스마트 폰으로 카톡을 보낸다.

"다낭. 릴리가 지금 TV에 나온다. VTV 1이다."

바로 다낭으로부터 답 문자가 온다.

"저도 지금 VTV 1 보고 있던 중이에요. 릴리에게 문자할게요."
"그래. 다낭이 릴리를 많이 도와야 겠다."

"네. 어머니."

#102. 밤의 사이공 강변의 나무 벤치

어머니 후에와 카톡을 마친 다낭의 문자가 밤의 사이공 강변 나무 벤치 위에 칸트와 함께 앉아있던 릴리의 스마트 폰에 뜬다.

"릴리. 엄마는 기쁘다. 자랑스럽다. 고엽제 피해사를 돕는 일은 진정한 평화의 길이 될 거야. 칸트에게도 말해 다오. MEKONG CA PHE가 돕겠다고. 릴리, 사랑한다. 고맙다."

다낭의 문자를 확인한 릴리가 칸트에게 그 문자를 보여준다.

"릴리, 어머님께 너무 감사하다고 전해 드려 줘. 난 일단 호치민에 '글로벌 피스 21' 라이브 콘서트 추진본부를 만들 거야. 그리고 필요한 사람들을 만나고 참여시킬 거야. 한국에서도 베트남에서도 그리고 21개 도시 모든 곳에서."

"칸트, 멋진 기획, 좋은 생각이야. 하늘나라에 계신 철학자 임마누엘 칸트님이 기뻐하시겠다."

"릴리, 임마누엘 칸트님의 묘비명은 이렇답니다."

칸트가 벤치에서 일어나 연극 무대 위의 연극배우처럼 임마누엘 칸트의 묘비명을 열정적으로 때로는 격정적으로 릴리에게 들려준다.

내 마음을 채우고 내가 그것에 대해
더 자주 깊이 생각하면 할 수 록
새로운 경외심과 존경심을
더해주는 것 두 가지가 있다.

머리 위에 별이 빛나는 밤하늘
그리고 내 마음의 도덕법칙이
바로 그 둘이다. 임마누엘 칸트.

릴리가 박수를 친다.

"오우, 좋았어. 아주, 너무 좋았어. 내 머리 위에 별이 빛나는 밤

하늘과 내 마음의 도덕법칙!"

릴리가 엄지손가락을 들어 올린다.

#103. 호이안 앨리비치 호텔 가든파티 장

잔디밭이 깔려있고 아늑한 정원이다. 나무 식탁, 나무 의자, 눈부신 하얀 테이블 보, 그 위에 베트남의 옛 궁중음식이 놓여져 있다. 후에, 다낭, 릴리와 칸트, 서철재 회장, MEKONG CA PHE의 잭슨 고문 등이 앉아있다. 좌중을 위하여 와인을 따라 주는 다낭, 잔이 모두 채워지자 다낭이 어머니 후에에게 덕담을 부탁한다. 후에가 자리에서 일어나 말한다. 목소리는 어딘가 가늘었지만 뜻깊었다.

"서철재 회장님, 잭슨 고문님, 다낭, 릴리, 칸트 모두들 고맙습니다. 편안하게 드세요. 제가 오랜만에 베트남 궁중음식을 직접 했습니다. 맛있게 드셔 주시면 고맙겠습니다. 아, 그리고 제가 음식을 장만하느라 피곤했는지 좀 앉아야겠습니다."

후에가 자리에 앉는다. 왠지 안색이 그다지 좋지가 않다. 후에가 다시 말을 잇는다.

"자, 그리고 오늘을 위해서 다낭이 시를 한편 준비했다고 하니 박수를 청해 듣도록 하시죠."

모두들 박수를 친다. 다낭이 낡고 빛바랜 편지 한 장을 꺼낸다.

당신의 숨결을
느끼고 싶어

다낭의 물결을
만져 봅니다

차가운 듯 따뜻한
다낭의 강물

당신을 닮았나 봐
사랑합니다

짤막하게 시를 낭송한 다낭이 말을 잇는다.

"네, 이 시는 제가 쓴 건 아니고요. 오래 전 저의 아버지 에반 윌리암스 님이 저의 어머니 후에 님을 위해 바친 시입니다."

좌중에 탄성이 흘렀다. 그리고 잔잔한 박수소리가 들렸다. 다낭이 고개 숙여 답례한 뒤 다시 말을 잇는다.

"오늘 나누는 음식은 모두가 어머니 후에 님이 직접 손수 만드셨습니다. 어머니, 베트남 궁중 음식에 대해 설명 좀 해 주세요."

"그래. 이제는 이런 음식을 맛보기 힘들 겁니다. 이 음식은 베트남 궁중에서 왕족들이 결혼식을 올릴 때 피로연을 위해서 차리는 음식인데 오늘은 사람이 많지 않으니까 핵심 요리만 만들었고 다 내 손을 거쳤습니다."

릴리가 말한다.

"할머니 감사합니다. 제가 음식 만드시는 거 도와 드리지도 못하고 먹기만 하겠네요. 다음엔 빨리 할머니의 베트남 궁중요리를 배워서 제가 차려 드릴게요."

"그래, 그래. 고맙다. 월남에 해외 정상들이나 귀빈들이 오시면 차려 드렸었지. 에반 윌리암스라는 남자도 이 음식을 좋아했지."

이때 잭슨 고문이 후에의 말을 받는다.

"네, 저도 잊지 못합니다. 특히 월남 대통령도 좋아하셨죠. 저도 물론이구요. 오랜 만에 다시 이 음식을 만나게 되니 너무 감사합니다."

후에가 잭슨의 인사말을 받는다.

"감사합니다. 잭슨 고문님. 오늘은 왜 에반 윌리암스 단장님과 함께 안 오셨어요?"
"아, 네... 조금 늦으시는 것 같습니다. 하하..."

"괜찮습니다. 에반은 아마도 아니 이미 후에라는 이 여자의 가슴 속에 와 있을 거 에요. 그 남자 별로 갈 데도 없거든요. 자, 제 얘기가 너무 길어졌네요. 이번엔 서철재 회장님께서 오늘 이 자리를 위해 건배사를 한 말씀 해 주시죠."

서철재 회장이 의자에서 일어난다.

"네, 알겠습니다. 칸트의 글로벌 피스 21 라이브 콘서트, 릴리의 사진전 RAIN DANCE 모두 축하합니다. 초대해 주셔서 감사합니다. 덕분에 베트남 궁중음식을 맛보게 됐네요. 후에 님 너무나 수고 많으셨습니다. 자, 여러분 제가 '후에 님!' 선창을 하면 여러분들께서는 '건강하십시요!' 하고 받아 주세요. 자, 후에 님"
"건강하세요!"

모두들 합창을 하듯 입을 모아 외친다.

#104. 호이안 앨리비치 호텔, 후에의 숙소

후에, 릴리, 칸트가 함께 차를 마신다. 후에가 릴리에게 말한다.

"릴리. 너희 둘은 잘 어울리는 것 같구나. 사랑하는 사람끼리는 너무 기다리게 하고 너무 그리워만 하면 못 쓴다. 인생은 짧지만 청춘은 더 짧은 거야. 예술보다 더 소중한 건 사랑이지. 그리고 사랑의 만남은 하늘의 축복이야. 하지만 그걸 모르면 하늘의 축복을 사람이 잘못 판단하고 축복을 투정만 하다가 쓸데 없이 거부하는 수가 있다. 그럼 못쓴다. 알겠니?"

"네. 할머니 축복의 사랑을 받을 거 에요."

"그래. 고맙구나. 어때 칸트는?"

"네, 소중한 말씀 감사합니다. 저도 사랑의 축복을 받겠습니다."

"그래. 하늘에서 주신 축복의 사랑과 사랑의 축복은 또 그게 나의 것이 아니란다. 누군가에게 선물하고 고백하라고, 그래서 서로의 가슴 속에서 꽃이 피어나게 하는 거야. 그러다 결혼해서 아기가 태어나면 풍성한 열매를 맺는 거고, 그래서 세상은 메콩 강처럼 사랑의 역사가 되어 쉬지 않고 태어나고, 또 천천히 흘러가는 거야. 알겠니?"

"네. 할머니."

"네, 알겠습니다."

릴리와 칸트가 후에의 조언에 답한다. 후에가 다시 말을 잇는다.“

"그래. 오늘 너무 기쁘고... 고맙구나. 아, 그런데 내가 좀 졸립구나.... 오늘 일찍 일어나... 음식준비를 해서 그런가?... 그래, 릴리 그리고... 칸트 이 할미는... 좀 쉬어... 야겠...."

말을 채 다 마치지 못한 후에가 의자에 앉은 채 갑작스레 찻잔을 떨구며 풀썩 고개를 푹 숙인다. 놓친 찻잔이 떨어져 호텔 방 카펫 바닥에 뒹군다.

"할머니!"

릴리가 일어나 할머니 어깨를 감싼다. 칸트가 무릎을 꿇고 다가가 후에의 안색을 살핀다.

"할머니!"

힘없이 늘어지는 후에.

"할머니!"

할머니를 부르짖듯 외치며 릴리가 후에의 숨결을 느껴 보려고
한다. 울음을 터뜨리는 릴리. 후에의 숨이 끊어져 가고 있었다.

#105. 호이안 강 언덕 후에의 영결식

투본 강이 내려다보이는 호이안의 강 언덕, 에반 윌리암스의
유해가루가 묻혀있는 곳에 후에의 유해가루가 다낭과 릴리의 손
에 의해 뿌려지고 있다. 후에의 유언장에는 이렇게 쓰여 있었다.
후에는 본능적으로 자신의 죽음을 예견했던 것 같았다.

다낭
나의 사랑스런 딸. 너와 함께해서 고맙다. 이 엄마는 네게
해 준 게 하나도 없다는 생각을 한다. 미안하구나. 특히 아빠
를 한 번도 못 본 다낭이 얼마나 외롭고 힘들었을까를 생각하
면 더 그렇다. 하지만 투본 강 언덕에서 항상 너를 지켜보실
거야. 그리고 내가 죽으면 나도 투본 강 언덕에 에반과 함께
있고 싶구나. 우리의 신혼생활은 투본 강 언덕이란다. 나의
사랑은 투본 강에서 시작됐으니 이것도 참 근사한 일이구나.
그리고 천국으로 신혼여행을 잠시 에반과 함께 다녀 올 수도
있겠지.

다낭

내가 없어도 울지 마라. 그리고 늘 투본 강을 생각하거라. 투본 강은 세상에서 가장 아름답게 흐르는 강물이란다. 투본 강은 자랑하는 대신 사랑만 하는 강이란다.

다낭

투본의 소리 없이 흐르는 그 강물은 이제 보니 에반 윌리암스, 그래. 다낭 너의 아빠의 남몰래 흐리는 눈물과 편지였고, 햇살에 반짝이는 미소였단다. 그리고 투본 강을 불어가는 바람은 너의 아빠, 에반의 숨결이란다.

다낭

천년을 써도 이 편지는 끝나지 않겠지만 이제 투본 강이 나의 말을 대신 해 줄 것이다.

다낭, 사랑한다.
다낭, 사랑한다.
다낭, 사랑한다.

그리고 릴리, 이 할머니는 칸트를 TV에서 처음 보고 참 좋아보였다. 너를 위해 줄 사람 같았다. 둘이 오래오래 행복하게 사랑할 수 있길 바란다. 그리고 이 할미의 마지막 소원은 릴리, 네가 좋다면 그리고 칸트만 좋다면 너희들의 결혼식을

투본 강 언덕 위에서 치러주지 않으련? 그럼 에반 할아버지도
후에 할머니도 지켜 볼 수 있을 테니까 말이다.

릴리

투본 강이 흐르는 한 에반도 후에도 죽지 않는단다. 그냥
잠시 쉬러 갈 뿐이다. 솔직히 인생이 고단하잖니... 누구나 안
그런척해서 그렇지. 하지만 그 고통의 맛은 사랑의 날들이라
는 맛있는 최고의 요리를 위한 다양한 소스란다. 알지? 무슨
얘긴지?

자, 그럼 이번 생애는 여기까지만 하자.
릴리, 다냥 사랑한다.

그리고 나의 손녀사위 칸트도 사랑한다.

그럼 이만 안녕.

다냥, 릴리, 칸트 너희들을
보이지 않게 지켜 주러
떠나는 후에가

릴리는 후에의 유언이 담긴 다냥이 건네 준 편지를 다 읽고 나
서 칸트에게 전한다. 칸트가 후에의 편지를 읽기 시작한다. 투본

강 언덕 위에 꽃들이 하늘을 향해 나부낀다. 꼿꼿이 고개를 들고 태양을 향해 돌진하고 있었다. 이따금 바람이 불어가고 있었다.

#106. 글로벌 피스 21

뉴욕 브로드웨이 전광판에 '글로벌 피스 21 라이브 콘서트' 홍보 영상이 떴다.

CNN과 '글로벌 피스 21'에 대하여 칸트가 인터뷰한다.

'글로벌 피스 21'을 추진하느라 동분서주하는 칸트가 비행기 안에서 잠시 눈을 붙인다.

칸트가 UN 본부로 들어선다. 칸트가 UN 사무총장을 만나 '글로벌 피스 21'의 협력을 요청한다.

호치민 '글로벌 피스 21' 추진본부 사무실에서 칸트와 기획팀들이 열 띤 분위기로 회의한다.

"박 팀장, 밥 딜런 섭외 요청 결과 어떻게, 나왔나?"
"네. 방금 밥 딜런 매니저로부터 이 메일 답장이 왔습니다."

"내용이 뭐지?"

"이번 '글로벌 피스 21' 평화 콘서트 취지를 적극 지지한다면서 콘서트 무대에 참여한다는 확답입니다. 그리고, 콘서트 당일 밥 딜런을 위한 준비는 다 필요 없고 다만 화이트 와인 한 병과 재떨이 딱 두 가지만 준비해 달라고 합니다."

"와, 역시 위대한 위대한 위대한, 밥 딜런 밥 딜런 밥 딜런, 선생님 선생님 선생님이야. 완전 감동이다."

"네 저도 너무 겸손하게 나와서 또 즉각 출연요청에 응해서 솔직히 놀라기도 하고 아직도 얼떨떨합니다. 그래서 이게 꿈이야 생시야 지금도 좀 그러고 있습니다. 아무튼 총 연출자님이 이제는 직접 밥 딜런과 매니저에게 감사의 편지를 써 보내시는 게 좋을 것 같습니다."

"오케이. 좋아. 암, 당장 써야지. 자, 그럼 일단 오늘 회의는 이 정도하고 내일 오전 10시 다시 모이자."

칸트는 자신의 책상 앞에 앉아 낡은 타이프라이터로 밥 딜런과 매니저에게 글로벌 피스 21 참여에 대한 감사의 편지를 쓰기 시작한다.

#107. 릴리의 세계 21개 도시 사진전 'RAIN DANCE'

릴리의 사진전 '코끼리와 커피 그리고 칸트 이야기 - RAIN DANCE'가 서울에 이어 미국 뉴욕, 일본 도쿄, 중국 베이징, 홍콩, 영국 런던, 프랑스 파리, 네덜란드 암스텔담, 독일 베를린, 덴마크 코펜하겐, 에티오피아 아디스아바바, 남아프리카 연방 케이프타운, 이태리 로마, 태국 방콕, 케냐 나이로비, 터키 이스탄불, 필리핀 마닐라, 라오스 비엔티안, 브라질 상파울루, 과테말라 과테말라 시티를 거쳐 마침내 마지막 일정은 베트남의 호치민 전시회를 개막한다. 그리고 7일간의 사진전이 끝나면 릴리의 사진전이 추구했던 지구촌 평화행진의 정신을 이어서 다시 '글로벌 피스 21- 세계 21개 도시, 동시 생중계 라이브 콘서트'는 자유와 평화의 영원한 불꽃으로 그 사랑스런 소망으로 타오르게 되는 것이다.

#108. 호치민의 길거리 노점 음식점

밤이다. 깊어가는 푸르뎅뎅한 밤이다. 릴리와 칸트가 빨간 플라스틱 작은 의자에 앉아 국수와 맥주를 먹고 마신다. 칸트가 먼저 입을 연다.

"릴리, 수고 많았다. 자, 한잔 하자."

잔을 부딪치며 릴리가 호응한다.

"댕큐, 칸트. 덕분에 레인 댄스 사진전을 무사히 잘 치뤘어."
"릴리를 만나니까 좋은 일만 생기는 것 같다. 그리고 평화운동
을 한다는 게 뭔지 점점 더 몸으로, 마음으로, 가슴으로, 머리로
깨치게 되는 것 같아서 너무 행복해."

"칸트, 축하해. 드디어 내일이지?"
"그래. 글로벌 피스 21 라이브 콘서트가 내일이지."

"오늘은 일찍 자고 잘 쉬고 내일을 위해서!"
"그래야겠지만 잠이 올까 모르겠다."

"자, 내일을 위하여!"
"좋아, Global Peace 21을 위하여!"

릴리와 칸트가 축배를 든다.

#109. 호치민 광장

이튿날 날이 밝아 오고 이른 아침부터 칸트가 무대를 살피며
부족한 부분을 꼼꼼히 살피고 챙기며, 독려하고 있다.

무대 뒤로 커다란 대형 차일이 쳐져 있고 공연 스텝들을 위한 임시 식당으로 사용 중이다. 따뜻한 베트남 국수 그릇들을 앞에 놓고 인부들과 스텝들이 아침 식사를 한다.

햇살이 퍼져가는 오전 10시 즈음, 음향 팀과 조명 팀이 리허설하는 가수들과 함께 음향, 조명을 최종 점검하는 중이다.

이미 밤을 꼴깍 새운 채, 광장에서 잠을 자는 둥 마는 둥하고 '글로벌 피스 21 라이브 콘서트'에 출연하는 BTS를 보기 위해 기다리던 BTS의 아미 팬들이 BTS의 FAKE LOVE, 아이돌, 불타오르네, 피땀눈물, 작은 것들을 위한 시 등을 틀어 놓고 그 음악에 맞춰 함께 군무하고 합창하고 있었다.

#110. 호치민 광장의 저녁

사이공 강에서 불어오는 저녁 바람이 베트남의 저녁노을을 신고 와 글로벌 피스 21 무대와 호치민 광장을 물들이고 있다. 어깨를 기댄 연인들, 가족이 함께 한 관람객들, 친구들끼리 저 마다 서 있거나 앉아있거나 자리를 잡은 채 '글로벌 피스 21'이 시작되길 가슴 설레며 기대하는 중이다.

#111. 글로벌 피스 21 호치민 라이브 콘서트

'글로벌 피스 21'의 총 연출자 칸트가 공연 큐시트를 들고 어딘가 초조한 표정이다. 칸트가 기획팀의 한사람에게 묻는다.

"어떻게? 아직 못 왔지?"
"네, 서울에서 오는 비행기가 연착이 된다고 합니다. 이륙진전 술 취한 승객 하나가 난동을 부린 것 같습니다. 시작 5분전인데 어떡하죠?"

잠시 생각하던 칸트가 말한다.

"와, 이거 참 큰일 났네. 좋아. 그럼 BTS 대신 첫 무대를 캣 스티븐스에게 부탁해 보자. 빨리 가 보자."

칸트와 기획팀들이 캣 스티븐스를 찾아가 BTS의 비행기가 연착됐으니 첫 순서를 맡아 달라고 부탁한다. 캣 스티븐스는 처음엔 손까지 내 저어 거절하며 다른 가수에게 맡기라고 했으나, 그의 히트곡 피스 트레인(Peace Train)의 상징성 때문에 무대가 더욱 빛날 거라고 칸트가 간곡히 설득하자 마침내 오케이를 한다. 칸트와 기획팀은 캣 스티븐스에게 땡큐를 연발했다. 이미 호치민 광장엔 수십만 명의 관중이 운집해 있었다. 오프닝 멘트는 호치민 시의 당 서기장이었다. 무대 위로 호치민 시의 당 서기장이 올라왔다. 마이크 앞에서 호치민 당 서기장이 글로벌 피스 21의 오프닝 첫 인사를 한다.

"여러분 감사합니다. 전 세계 21개 도시의 위대한 평화 응원단 여러분들 또 TV와 유투브 등으로 전 세계에서 글로벌 피스 21을 지켜보는 여러분들 감사합니다. 여기는 베트남 호치민입니다. 저는 호치민 시의 당 서기장입니다. 그리고 오늘밤 우리 모두는 평화라는 이름의 동명이인들입니다. 이제 그 평화열차가 이곳 세계 평화의 플랫폼 호치민 광장에서 첫 출발합니다. 그 첫 기차는 바로 피스 트레인, 캣 스티븐스입니다. 큰 박수로 환영해 주세요."

수십만 관중이 환호와 박수를 함께 한다. 호치민 당 서기장이 마이크 앞에서 무대 밖으로 걸어 나가자 캣 스티븐스의 피스 트레인이 시작된다. 날카로운 듯 날렵한 캣 스티븐스의 아쿠스틱 기타가 포크 록의 비트를 타고 그리고 점차 강한 록 스타일로 바뀌어 나간다. 무대 뒤 화면으로 기차가 달려가고 새들이 날아 오른다. 갈색 선 그라스와 이제는 흰머리와 흰 수염의 캣 스티븐스는 관객의 마음을 쥘락 펼락 하고 있었다.

지금 나는 행복해
앞으로 올 좋은 일,
그건 이뤄질 거야

...

어둠의 끝에서
평화의 기차는 달려 나가네

평화의 기차는
이 나라를 태우고
날 데려다 주네

나의 집으로

캣 스티븐스의 무대에 이어 존 바에즈, 밥 딜런의 무대가 이어
졌고 르 오엔, 이 라우 같은 베트남 최고 가수들이 등장하기 시작
했다. 어둠 속에서 글로벌 21이, 넉넉한 축제의 밤이 무르익어가
고 있었다. 그 즈음에 칸트는 베트남 국영방송 VTV 1과 인터뷰
중이었다. 아나운서가 묻는다.

"칸트씨. 이번 글로벌 피스 콘서트가 21개 도시에서 개최돼 동
시 생중계 되고 있습니다. 그런 가운데 평화기부금을 받아 UN의
유니세프에 전달이 돼서, 물이 귀한 곳에 우물을 파주고 학교가
없는 곳에 학교도 세워주고 그렇게 쓰이는 걸로 알고 있습니다.
그리고 고엽제 피해자들을 위하는데도 쓰일 예정이고요. 또 코
끼리들을 구해 보호센터로 보내는데도 쓰여 집니다. 그런데 지금

기부 상황을 보니까 시청자분들께서 좀 더 많은 관심을 가져 주셨으면 하는 바람인데 어떠세요?"

"네, 솔직히 말씀 드리면 제가 기대를 많이 했습니다. 지금 이 공연에 초대된 가수들이 평소 출연료와는 전혀 상관없이 세계의 평화증진을 위해서 어두운 곳에 손을 내밀어 함께 서로의 빛이 되어주기 위해서 아낌없이 주는 나무들이 되어 참여를 하고 있는데요. 이렇게 어렵게 뜨겁게 마련한 평화를 위한 기부 콘서트인데 예상 보다 기부금이 좀 적은 숫자여서 저 역시 당혹스럽습니다. 이미 내 주신 분들께는 너무나 감사합니다만 솔직히 지구촌 평화의식이 이 정도 밖에 안 되나 하는 생각도 들어서 좀 안타깝습니다. 그러니까... 솔직히 지금 제 심정은 이렇습니다. 아, Fucking, 씨발 돈들 좀 내라고. 기부 좀 하라고. 씨발 죽을 때 싸 갖고 갈 것도 아닌데.. 쌓아 놓기만 하지 말고 제발들 좀 내 보라고... Fucking, 씨발..."

"네, 오늘 글로벌 피스 21의 총 연출자 칸트님의 마음 저도 이해는 갑니다만 방송에서 너무 쎄게 얘기하셨지만...어? 어? 칸트님 기적이 일어나고 있습니다."

"네?"

"바로 칸트님 대답이 끝나자마자 기부금 불어나는 속도가 눈부실 정도입니다. 하아.. 이거 참... 대단한데요?"

칸트의 인터뷰는 뜻밖에도 성공적이었다. 칸트가 마음 속 심정을 욕으로 정확히 표현하자 오히려 공감을 한 사람들의 기부금이 물밀듯이 전 세계에서 쏟아져 들어오고 있었다.

그리고 마침내 21세기의 비틀즈라고 하는 그리고 '눈으로 보는 시'를 춤추고 노래하는 BTS가 무대에 올랐다. RM, 진, V, 지민, 슈가, J Hope, 정국 이렇게 7인조로 이뤄진 세계에서 가장 핫한 보이 밴드 BTS는 자신들의 히트곡 피땀눈물, FAKE LOVE, 불타오르네, 아이돌, 그리고 빌보드 핫 100 1위에 빛나는 미국의 여성 보컬 할시(Halsey)와 함께 '작은 것들을 위한 시' 등을 쏟아내기 시작했다. 여기저기서 BTS의 아미 팬들이 환호성과 노래 따라 부르기 그리고 너무나 감격스러워 소리 지르며 어느새 눈물을 훔치는 팬들도 있었다.

널 위해서라면 난
슬퍼도 기쁜 척 할 수가 있었어

널 위해서라면 난
아파도 강한 척 할 수가 있었어

사랑이 사랑만으로 완벽하길
내 모든 약점들은 다 숨겨지길

이뤄지지 않는 꿈속에서
피울 수 없는 꽃을 키웠어

BTS의 무대가 끝나자 서울시립어린이합창단, 평양시립어린이합창단, 호치민 시립어린이 합창단의 합동무대가 펼쳐지고 있었다. 한국의 민요 '아리랑'과 베트남의 민요 '베오잣 머이 초이' (Beo Dat May Troi, 구름이 흘러가는 기름진 대지)를 노래하고 있었다. 어느새 관중들이 함께 노래하며 대합창이 호치민 광장에서 세계로 평화로 미래로 날아오르고 있었다.

이제 밤이 많이 깊었다. 그리고 이윽고 오늘 글로벌 피스 21의 메인 무대인 호치민 광장 무대에서의 마지막 순서가 됐다. 모두들 궁금해 하고 있었다. 문득 무대가 암전 된다. 그리고 잠시 후 스포트라이트가 들어오면서 어느 여가수가 올라왔고 무대 한 가운데로 걸어 들어오고 있었다. 음악이 울려 퍼지고 가수의 노래가 번져가기 시작했다. 퀸 안의 Hello Vietnam이었다.

나에게 말해 주세요 그 이름에 대하여
내가 태어난 날 나에게 주어진 것들을

난 알고 싶답니다
오래된 제국의 옛 이야기에 대하여

내 눈은 나보다도 그리고
당신보다도 더 많은 이야기를 한답니다

내가 당신에 대해 아는 건
전쟁의 슬픈 광경
코폴라의 영화와 헬리콥터의 굉음

어느 날 난 당신의 흙을 만질 거 에요
어느 날 난 결국 당신의 영혼을 알게 될 거에요

어느 날 난 당신에게로 갈 거 에요
그리고 난 인사할 거 에요
안녕, 베트남이라고

청아하고 깨끗한 목소리였다. 애조와 애수가 겸비되어 있었다. 울컥을 절제한 담담함과 담백함으로 베트남의 역사와 전통을 부드러운 그 마음을 노래하고 있었다. 그것은 바람에 나부끼는 호치민시 대통령궁의 아니 이제는 통일궁의 흰 꽃잎 같았다. 그것은 투본 강을 흐르는 푸른 평화의 아름다움이었다. 그렇다. 베트남은 지독히 슬퍼하지만 울지 않는다. 이미 너무 많이 울어 버렸기 때문이다. 그것도 자신을 위해서가 아니었다. 오롯이 세상의 평화를 기도하기 위해서였다.

퀸 안은 1절을 부르고 난 후 노래의 간주 부분에서 '글로벌 피스 21'의 총연출자 칸트와 글로벌 피스 21의 영감을 제공한 사진전 '레인 댄스'의 주인공 릴리를 무대 위로 불러 올렸다. 갑작스런 일이었다. 예정에 없던 순서였다. 릴리와 칸트는 영문을 모른 채 퀸 안이 호명하자 무대 위로 올라갔다.

퀸 안은 호치민 광장의 수십만 명 관객이 보는 가운데 그리고 전 세계 수억 명의 시청자들이 바라보는 가운데 칸트가 릴리에게 프러포즈할 기회를 만들어 주었다. 칸트가 조심스런 기대로 준비했던 반지를 릴리에게 바쳤고 반지는 릴리의 손가락에 끼워졌다. 그리고 눈부신 조명 속에서 둘은 키스했고 그 키스가 마쳐질 때 퀸 안의 노래 Hello Vietnam의 2절이 다시 호치민 광장에, 베트남에, 아시아에, 전 세계로 울려 퍼져 나가고 있었다.

그 거대한 평화의 물결로 세상은 온통 평화의 흰 꽃 한 송이로, 사랑의 붉은 꽃 한 송이로 피어나고 있었다.

나에게 말해 주세요 내 마음의 빛깔에 대하여
나의 머리카락, 나의 작은 발에 대해서

모든 길 위의 당신의 집들과
당신의 거리를 보여 주세요
눈부신 빛 속의 숲과 장터를

그리고 돌로 만든 부처님은 나를 지켜 볼 거 에요
나의 꿈은 나를 황금 들녘으로 날 데려다 주는 것

나의 기도와 나의 빛과 나의 전통,
나의 나무를 만져 볼 거 에요
나의 뿌리를 나의 시작을

어느 날 난 당신의 흙을 만질 거 에요
어느 날 난 결국 당신의 영혼을 알게 될 거에요

어느 날 난 당신에게로 갈 거 에요
그리고 난 인사할 거 에요
헬로, 베트남이라고
찐짜이, 베트남이라고

#112. 투본 강 언덕 위의 결혼식

하객들은 단출했다. 릴리의 어머니 다낭, 칸트의 누나 권혜주 그리고 잭슨이 다였다. 릴리와 칸트의 결혼식이다. 잭슨 고문이 결혼식의 시작을 알렸다.

"오늘 이 자리는 에반 윌리암스 님과 후에 님의 사랑이 간직된

곳입니다. 뜻깊은 이곳에서 이제 릴리와 칸트 두 사람의 결혼식이 진행되겠습니다. 이는 후에 님의 당부이자 소망이기도 했습니다. 그리고 오늘 결혼식은 주례사 대신 신부와 신랑이 서로에게 시 한편씩을 읽어주며 영원한 사랑의 동반자로서의 따뜻한 마음의 약속을, 이 자리의 결혼식 축하객들이 지켜보는 가운데 맺어지도록 하겠습니다."

투본 강물 위를 비추는 햇살의 반짝임으로 지어진 듯싶은 눈부신 흰빛 웨딩드레스의 신부 릴리와 검정색 예복의 신랑 칸트는 주례사 대신 서로에게 좋아하는 시를 한편씩 읽어주기 시작한다. 릴리가 칸트를 바라보며 칸트를 위해 시집을 펼쳐 시를 낭독한다.

희망은 한 마리 새

에밀리 디킨슨

희망은 한 마리 새
영혼 위에 걸터앉아
가사 없는 곡조를 노래하며
그칠 줄을 모릅니다

모진 바람 속에서 더욱 달콤한 소리
아무리 심한 폭풍도

많은 이의 가슴 따뜻이 보듬는
그 작은 새의 노래는 멈추지 않습니다

나는 그 소리를 아주 추운 땅에서도
아주 낯선 바다에서도 들었습니다
허나 아무리 절박한 때에도 내게
빵 한조각 청하지 않았습니다

칸트도 릴리를 바라보며 릴리를 위해 시집을 펼쳐 시를 낭독한다.

위대한 것은 지상의 일들이다

프랑시스 잠

우유를 짜서 나무 병에 담는 것
뾰족하게 살을 찌르는 밀밭에서 이삭을 거두는 것

신선한 오리나무 밑에서 암소를 기르는 것
숲에서 자작나무를 베는 것

빠르게 흘러가는 냇가에서 버들가지를 엮는 것
검은 벽난로, 옴 오른 늙은 고양이

잠든 티티새, 뛰어노는 아이들 옆에서
오래된 구두를 고치는 것

한밤중 귀뚜라미가 시끄럽게 울 때
소리 나는 베틀에서 천천히 옷감을 짜는 것

빵을 굽고 포도주를 익히는 것,
뜰에 양배추와 마늘 씨앗을 뿌리는 것

그리고 온기가 남아 있는 달걀들을 거두어들이는 것

두 사람은 시 낭독 순서가 끝난 후 서로에게 자신이 낭독한 시집을 선물한다. 이어서 '다낭'이 준비된 와인을 각자에게 들어 올리게 한 후 축사를 한다.

"고맙습니다. 나의 아빠 에반 윌리엄스 님, 나의 어머니 후에 님 그리고 잭슨 고문님, 권혜주 대표님 그리고 오늘 결혼식을 올리는 나의 사랑하는 딸 릴리와 이제 가족이 된 칸트, 모두 감사합니다. 어린왕자의 작가 생텍쥐페리는 사랑이란 서로 마주보는 것이 아니라 하나의 방향을 함께 바라보는 것이라고 했습니다. 자, 이제 새로운 출발을 하는 두 사람, 릴리와 칸트, 칸트와 릴리도 서로 마주만 보다가 지지고 볶고, 서로를 소유하려다가 자칫 사랑이라는 감옥에 갇히지 말고 그래서 죄수놀이 간수 놀이 하지 말고, 물론 그러지도 않겠지만 지금까지 그랬듯이 평화로운 세상 만들기라는 하나의 방향을 함께 바라보며 씩씩하게 걸어서 나아가길 바란다. 자, 그럼 오늘 두 사람, 릴리와 칸트의 결혼식을 축하하기 위해 다 함께 축배를 들어 주세요. 자, 제가 '릴리와 칸트!' 하면 '결혼 축하해!'라고 답해 주세요. 그리고 오늘의 신부와 신랑은 서로를 안아 주세요. 자, 릴리와 칸트!"

"결혼 축하해!"

릴리와 칸트가 서로를 포옹하며 사랑의 서약인양 키스한다. 그리고 모두 함께 축하의 인사를 하고 축하의 와인을 마신다.

"자, 그럼 이번엔 엄마의 선물, 좀 더 정확히 말하면 릴리에게는 할머니의 선물, 더 정확히 말하면 에반 윌리엄스 할아버지의 선물이다."

다낭이 갖고 온 낡은 목걸이 상자를 열며 칸트에게 말한다.

"릴리, 칸트에게 와인을 따라 줄래?"

릴리가 칸트에게 와인을 따른다. 다낭이 칸트에게 상자에서 목걸이를 꺼내 건네 준다.

"자, 이제 칸트가 할머니의 유품인 이 목걸이를 그 와인 잔에 담근 다음 다 마시 거라. 그리고 그 목걸이를 릴리에게 선물하렴.
에반 할아버지가 후에 할머니에게 예전에 그랬듯이...."

칸트가 와인 잔에 다낭으로부터 받은 목걸이를 담근 다음 와인
을 다 마신다. 그리고 목걸이를 잔에서 꺼내 사랑한다고 말하며
릴리에게 걸어준다.

"어머, 예쁘다. 정말 귀한 목걸이로구나."

권혜주가 박수를 치며 따스한 빛을 발하는 진주 목걸이의 아름
다움에 탄성을 낸다. 잭슨은 그 예전 1975년 4월 30일 대통령 궁
의 미 군사고문단실에서 에반 단장이 후에게 목걸이를 건네주
던 그 순간을 떠 올린다. 그리고 다낭과 릴리를 바라보며 다시 한
번 축하의 말을 건넨다.

"릴리 진심으로 축하한다."
"네, 잭슨 고문님 감사합니다."

칸트가 걸어 준 목걸이에, 묻어있던 와인이 릴리의 웨딩드레스
를 적셔 릴리의 가슴에 노을빛으로 곱게 물들어 가고 있었다.